新时代的
马可·波罗

唱响 我 的 中国故事

[美]马克力文 著

庄琴芳 译

五洲传播出版社

图书在版编目（CIP）数据

唱响我的中国故事 /（美）马克力文著；庄琴芳译
. -- 北京：五洲传播出版社，2021.9
（新时代的马可·波罗）
ISBN 978-7-5085-4707-7

Ⅰ.①唱… Ⅱ.①马… Ⅲ.①回忆录－美国－现代－
英文 Ⅳ.① I712.55

中国版本图书馆 CIP 数据核字 (2021) 第 186410 号

"新时代的马可·波罗"丛书

出 版 人： 关　宏

唱响我的中国故事

著　　　者： ［美］马克力文
中文翻译： 庄琴芳
责任编辑： 王　玮
装帧设计： 北京正视文化艺术有限责任公司
出版发行： 五洲传播出版社
地　　　址： 北京市海淀区北三环中路 31 号生产力大楼 B 座 6 层
邮　　　编： 100088
发行电话： 010-82005927，010-82007837
网　　　址： www.cicc.org.cn　www.thatsbooks.com
承　　　印： 中煤（北京）印务有限公司
版　　　次： 2021 年 11 月第 1 版第 1 次印刷
开　　　本： 155mm×230mm
印　　　张： 15.25
字　　　数： 247 千字
定　　　价： 69.00 元

目 录

序 009

自序 013

第一部分

初识中国 新家淮安

01　启程 038

02　追梦之子 046

03　向花果山进发 050

04　淮安市外事办 059

05　淮安的未来充满希望 064

06　我与淮安挥之不去的情缘 068

07　重返淮阴师范学院 074

第二部分

迁居北京 认识傅涵

08　执教于中央民族大学 078

09　"美美与共，知行合一" 090

10　建立纽带 093

11　提高英语标识正确度 098

12　"你会说英语吗？" 102

13　"5号！5号！" 113

14　在傅家过春节 124

第三部分

中西合璧 秀外慧中

15 "秀外慧中"乐队 138

16 最具影响力的 17 位毕业生之一 146

17 民族剧院 148

18 当东方遇上西方 150

19 为各国外交官们表演 156

20 有一个地方叫丽江 159

21 春节里的音乐演出 166

22 "秀外慧中"成立公司 170

23 听傅涵谈谈：如何与外国人共事 173

第四部分

同一个世界 同一个梦想

24 伊斯雷尔·爱泼斯坦与黄浣碧 178

25 他们帮助建立了新中国 185

26 西方女人类学家的中国记忆 189

27 "友谊奖"和中国绿卡 195

28 "中国梦"演讲比赛 208

29 非洲兄弟 214

30 一些关于"一带一路"倡议的看法 226

31 海内外的铁路建设 234

非结论 241

马克力文

Mark Levine

马克力文

马克力文（2012 年）

序

"总而言之，您已经读完了《唱响我的中国故事》，现在请您得出自己的结论，而我则将洗耳恭听。"

这是马克力文博士写在本书最后的一句话。这是一本引人入胜的书——我通过阅读得出这样的结论，并将它推荐给您。

这本书的内容丰富多彩，并且包含了多种写作方式：叙事、旅行杂记、人物刻画、教育评论、自创歌曲，不一而足。这种丰富而巧妙的混搭，将中国社会的一些面貌与作者自己的感受相融合，读起来令人耳目一新。作为跨文化交流和教育领域的专家，马克以亲身体验的方式展开调研，并写下这本打动人心的作品，胜过了许多专业的跨文化研究书籍。我们可以从他在中国15年的经历中获得裨益。

收到这本书稿时，可怕的新冠病毒正在全球肆虐。往年夏天，我通常在北京忙于教学和研究，但现在我不得不滞留在芬兰，想回北京却回不去。然而，马克的这本书将我的思绪带回了我所熟悉的中国。那里有许多精彩的人和故事，也有许多令我难忘的经历。只有当我身处中国之外时，才更加怀念那里的一切。书中描写了许多平常而又不凡的人物，如意志坚定的王慧华——"她的脸上总挂着灿烂的笑容"，马克许多出色的学生，以及他的"拐杖"傅涵……这些人也勾起了我对自己的中国朋友的回忆。我相信，多数曾去过中国以及在中国生活过的外国人和我一样，也会时常想念自己在中国结识的那些人，他们是组成那段无与伦比的经历的一部分。

本书的一大亮点是它可以帮助我们更加深入地了解中国和中国人民。在俄国作家陀思妥耶夫斯基的著名小说《卡拉马佐夫兄弟》中，有以下一段对话：

"您注意到了吗？狗碰到一起时会互相嗅闻，这似乎是它们的天性。"

"是的，狗的这个习惯真可笑。"

"不，您错了。这个习惯并不可笑。从天性上来说这没有什么可笑的，虽然对人类而言似乎如此。如果狗具备理性和批判的能力，他们一定会在人类及其主人的社会关系中发现很多可笑的东西，甚至更多。我是这样认为的。"

我想这也正是马克想表达的。如陀思妥耶夫斯基笔下的人物一样，他告诫人们不要对自己不知道的事情妄加曲解和评判，并鼓励一些人重新思考自己看待中国和中国人的方式。许多西方人经常按照自己的标准看待非西方人，"这个习惯真可笑！"——这是他们在提及中国某些文化时经常说的一句话，而这些人甚至从未到过中国。马克经常通过与中国人对比来审视自己，他发现自己的某些习惯也是"可笑"的。马克跨越了"我们"（西方人）与"他们"（中国人）之间某些看似不可逾越的鸿沟。在对周围的中国人进行描述时，他经常强调——他们和所有其他地方的人都是一样的。而这传达了一个非常重要的信息——诚然，中西方之间会有许多不同点，但也有许多共同点，而这些共同点正是中西方之间连接的纽带。

马克的一位美国朋友大卫（David）是一名社会学家，也在中国生活了许多年。书中引用了他的一句话，恰切地表达了许多外国人在审视中国时遇到的另一个问题——"我读到的与我亲眼看到的中国，简直就像两个完全不同的世界。"当今世界是一个日趋分化的世界，自从 2020 年新冠肺炎疫情暴发以来，这种隔阂正在日渐扩大。马克希望这本书能够帮助读者拨开各种真实存在的成见、歧视和欺凌，换一种新的视角来看待中国。他还警示大家，在吸收西方媒体有关中国的新闻报道时，要谨慎地加以辨别。

本书的另一大亮点是它可以帮助我们认识到中国是一个多元化的国家。正如作家查建英描述的，中国对于任何人来说都是一头"大象"，想要全面而准确地认识它是很难的。在中国，马克遇到的都是一些真实而又复杂的人，他们都有各自的特点。在我与马克共同执教的中央民族大学，这一点尤为明显。这所大学所实施的"民族教育"深深地吸引着我。马克在书中很好地介绍了这所大学的独创性。我也赞同他对这所大学特殊氛围的描述，并称之为"中国的缩影"。

要想感受中国的多姿多彩，我们须常怀谦逊之心、好奇之心，以及真正以另一种方式看待世界的渴望之心。马克的书中正包含了这些心态。正如他谈到自己在中央民族大学的教学时，他对学生是这样评价的："在中央民族大学任教的这些年里，我必须承认，我和我的学生们在互相促进、共同提高。我教他们的同时，他们也在教我关于中国的方方面面，尤其是中国的多样性、存在的问题以及未来的发展等。"这就是一位模范教育家应有的态度。

不过，马克可不仅仅是一名教育家，他还是中国的一位大明星！越往下读这本书，我越深感佩服，马克是一个真正的"杂耍大师"！教师、社会学家、词曲作家、歌手、演讲比赛指导兼评委……一开始我还搞不懂，马克是如何兼顾多重身份的，后来我才逐渐意识到，马克握有跨文化交往成功的钥匙。通过这些身份，他能够接触到各式各样的中国人并把他们写进书里，这也是马克的中国故事的一个重要特色。

文德（Fred Dervin）

赫尔辛基大学教授、中央民族大学特聘教授

自 序

15年了！光阴荏苒，岁月如梭。不知不觉间，我来中国已经15年了！在写下这篇序言时，再过不到7周，将迎来我在中国的第15个纪念日。

位于上海市北边的江苏省淮安市是我来中国的首个目的地。我原计划只在淮安待一个学年，也就是不满12个月的时间。但计划赶不上变化，差不多15年后的今天，我仍在中国。自2007年以来，我一直住在北京，而在过去的15年中，我离开中国的时间加起来还不足11周。

我在中国的居住地点在变，生活中的方方面面也在变。年复一年，这些变化仍在继续。首先，这些年来我一直在大学里教书。大约12年前，我成为一名演唱者与词曲作家，至今已写过70多首有关中国的歌曲。我用吉他伴奏，已在中国15个省份进行过数百次现场演出。人们还能通过广播、电视等听到我的歌曲。我发表过20篇文章，早些年出版过一本随笔，记载了我对中国近距离的观察与思索。我受邀在全国60多所大学开设讲座，内容涉及各种主题及时事。我曾作为评委参加过约50场英语演讲比赛，并写了一本关于公众演讲的书。此外，有关我的广播、电视采访和文章报道已经超过150条，还有15部以我为主角的纪录片。

坦白来讲，2005年8月落地上海时，我从未期待过这一切，但它们就这样真实地发生了。最令我深感荣幸的是，我还在2014年获得了中国政府"友谊奖"。这本书中不仅有我个人的一些经历，还有我对中国历史、文化、教育、娱乐等方面的一些认识。有些故事发生在城市，有些故事发生在农村。故事中的人物有些是中国人，有些是生活在中国的外国人。值得一提的是，在提到的外国人当中，有些是很早以前就来到中国的，比如我有幸结识的几位于1949年中华人民共和国成立之前就来到中国的"老朋友"。

对于中国人来说，春节是一年当中最重要的节日。这是中国阴历年中的第一天，也被称为"中国新年"。我之所以未说明具体的公历日期，是因为每年春节当天的公历日期都是不同的。例如，2020年的春节是1月25日，2021年的春节是2月12日。春节的庆祝活动一般从前一天的除夕就开始了。

2020年，我原计划要在同事杨晓玲家与她的家人一起欢度春节，许多年前我也曾和他们一起过过春节。这次，她邀请我1月24日到她家里，然而天有不测风云，新冠肺炎疫情的暴发打乱了我的计划。为安全起见，我决定还是待在自己家里为好。从那时起，我开始"就地隐蔽"，这一过程持续了将近3个月。在此期间，每隔三四天，我只能壮着胆子走出自己的公寓，步行15分钟去附近的一个超市购物。随着新冠肺炎疫情的加剧，武汉市及其他几个地方封城了，而北京还好，我仍可以四处走动，但除了超市、便利店以及少数仅提供外卖服务的餐馆外，实际上也没有别的地方可去。许多商店一开始因为春节放假而休业，而后因为疫情仍继续关着门。

疫情之下，人们的日常生活与计划受到了影响，包括我在内，我的授课、生活以及最初完成此书的计划都需要做出调整。

首先，我意识到，要在书中避而不谈新冠肺炎疫情及其影响几乎是不可能的。众所周知，这是改变世界的大事，它给大家的生产和生活带来了极大的影响。但现在下结论还为时尚早，我需要静观其变：到底发生了什么？人们是如何应对的？其影响如何？我不能只谈疫情的暴发而不言其他。还有一个问题，我该把这部分内容放在这本书的什么位置？

其次，很快有人通知我，一个月后就要开始的春季学期将实行网络教学，而我对网络教学可以说毫无经验。我教的课程包括辩论、公众演讲以及英国文化，多年来我一直在教这些课程，每一年都会对授课内容做一些微调。现在，我还需要搞清楚如何进行调整以适应网络教学。另外，我还需要学会使用在线会议平台，而在当时我甚至不知道这些平台的名字，更不要说如何操作它们了。庆幸的是我可以求助教学助理朱清和王倩，还有我的许多学生。学期开始前及整个学期里，所有这一切让我忙得团团转，以至于无法专心写作。

网络教学开始后，我和我的学生遇到了各种各样的问题，有电脑方面的、网络信号接收方面的……而所有这些问题也仅仅是我们所面临困难的一部分。由于我的学生们都待在家里，难免会有这样或那样的家事。有几个学生告诉我，有时候他们正坐在电脑旁上课呢，妈妈就过来招呼他们吃午饭。公众演讲课上的一名学生詹妮弗（Jennifer）告诉我，她是在行驶的汽车上仓促赶完作业的，她向我解释原因："马克，非常抱歉，我父母说我们必须去趟乡下，我们无法按时赶回来。"另一位名叫颜坡的藏族学生住在四川省的山区。有一天上课时，我发现他没有打开我们使用的在线会议平台的摄像头，就点名请他打开，但他没有回应。我给他留言、发微信，他始终没有回应。在课后大约30分钟时，他发给我一个他骑在牦牛背上的小视频，随后又给我发了一条语音消息："马克，对不起，我家是牧民，刚才上课时我家的一头牦牛跑了，我得去把它找回来。"

后来我和在安徽省一所大学里任教的美国朋友戴维（Dave）聊天，听完颜坡上课的故事，他也和我说起自己遇到的类似的情况："最近有一次，我们班的一名学生跟我道歉，说她上课的背景中之所以有大风的噪音，是因为她的父母是茶农，天气预报说第二天有风暴，她得在田里帮父母采摘茶叶。他们要在风暴到来前采摘完，否则茶叶就都毁了。"

这些经历有助于我们更多地了解自己的学生，也有助于我们成为更好的老师。但要完全克服这些困难，在受限的条件下更好地完成教学，还需要花些时间和精力。

在网络教学开始之前，我就忙着和在中国或国外的朋友们进行线上联系了。我们关注彼此的健康、家庭，分享各自在不同地区发生的事情。他们有的是我以前的学生或同事，有的是因参加讲座而结识的朋友，有的是我在演讲比赛中认识的选手，当然还有全国各地观看过我演出的乐迷们，所有的朋友加起来超过了200人，而在网络教学开始之后，这一数字在不断增加。有多家媒体机构与我联系，他们想了解我进行网络教学的前期准备情况和教学进展，以及在此过程中遇到过的困难和解决办法。因此我接受了一连串的电话和视频采访。

我提到我曾写过70多首有关中国的歌曲，我将它们称为"我的中国音乐故事"。这些歌曲有的是写我曾去过的地方，有的是写我曾遇见的人，还有一些是写这个国家正在发生的事情。曲调或欢快悠扬，或诙谐有趣，或低沉哀婉。例如，有两首歌写了 2008 年年初发生在南方的雪灾和那年 5 月发生在汶川的大地震。虽然这些歌曲写的是悲剧性事件，但那并非我想要表达的主题。在这些歌里，我想歌颂的是中国人民战胜苦难坚定不移的决心和百折不挠的精神，以及各级政府面对灾难时所表现出的勇往直前的品质。当新冠肺炎疫情在中国大地上横行之时，我知道自己又该写一首歌了。

然而，在当时的情况下我尚未准备好写这样一首歌，就像现在我给这本书写序的感觉一样。原因是我的教学准备工作实在太忙了，并且写这首歌需要搜集很多信息，我需要知道中国政府将如何应对此次疫情、中国人民对政府的措施作何反应，以及全国联动会产生什么样的效果。因此，除了与全国各地的朋友联系以外，我每天还花时间关注国内外的新闻，以获取更多相关信息。

中国在应对新冠肺炎疫情方面采取了积极措施并取得了良好成效。正如我和其他人交流时所谈到的，早在疫情暴发之初，大家都认识到了应对新冠病毒不是一两个人的事情，这时候中国展现出的集体主义精神起到了关键性作用。尽管戴口罩会让自己感觉不舒服，但每个人都需要做出点必要的牺牲，而最终受益的将是所有人。

世界卫生组织对中国应对新冠肺炎疫情采取的有效措施给出了积极的评价。而当疫情在全球多个国家和地区蔓延时，我也看到了一些将新冠肺炎疫情的暴发归咎于中国的偏激言论，这令我感到非常沮丧。抗击新冠肺炎疫情是一个需要通过国际合作来解决的人类共同面临的难题，而不应当成为某些人企图挑起争端和矛盾的借口。当我听说在美国的一些华人朋友被毫无根据地指控为病毒传播者时，我感到十分愤怒。

我想好要说些什么了。2020 年 3 月份的某一天，在去超市的路上我整个人都沉浸在创作的构思中。我写每首歌的过程不尽相同，很多时候当我决定写点什么，我就会坐在电脑前构思，然后写下来。而有些时候则不同，比如这次，一切本不在我的计划当中，我只是顺其自然，任思绪流淌，就像来中国后发生在我身上的许多事情一样。回到家后，我已经构思出了大约一半歌词，我飞快地将这些稍纵即逝的灵感记录在笔记本上，然后反复琢磨。一天过去，整首歌的歌词完成了。第二天下午，歌曲的旋律又开始在我的脑子里萦绕。下课后我拿出自己的吉他开始尝试弹唱，直到《我们众志成城战胜新冠》这首歌完整出炉。

我将这首歌发给国内外的朋友们，得到了不错的反响。许多人说他们喜欢这首歌所表达的精神，并在给我的回信中复述了最后两句歌词。有些人将其发布在自己的社交媒体平台上，几天后，很多中国媒体与我联系，想对我进行采访，了解这首歌背后的故事。对我来说，尽管我写了很多关于中国的歌曲，但到目前为止，这首歌是最为重要的。

🎵 我们众志成城战胜新冠

2019 的岁末，一切如此的静好。
不知不觉中，麻烦却悄然而至。
新冠肺炎突如其来，
没有现成方案可参。
医务工作者在摸索中前进，
不同患者不同治疗方案。

湖北全省迅速封城，
人们牺牲个人自由阻击疫情蔓延。
新冠病毒仍在肆虐，鲜活生命因此凋零。
中国迅速控制疫情，新增病例开始削减。

病毒现身世界各地，
世卫组织高度赞扬中国动员全民全力抗"疫"，
有些国家却不知所措。

恐惧蔓延如此之快，我们都希望这不会持续。
惊慌失措无济于事，共同努力定有帮助。
我们将打败病毒，全世界都必须打败病毒。

不论你在世界的哪个角落，

我们都必须携起手来，众志成城抗击疫情。

最后请让我用两点来结束本书的自序部分。第一，我想更明确地介绍一下自己：我是谁，我如何来到中国，我为什么来到中国。第二，我想告诉各位我为什么要写这本书。

首先，我是一名来自美国的社会学家。1976 年获得社会学博士学位后不久，我就离开了学术领域，放弃了在大学的教学和研究工作。我看到了自己国家存在的一些社会问题，那是我仅在大学里任教所改善不了的。于是我将视线转向基层社区，大约 20 年后，我成为社会学界所公认的"公共社会学家"。获得博士学位后的 29 年中，我作为义工组织者，引导贫困工人及他们的家人建立组织，帮助他们改善生活和工作条件。

2005 年，我休整了一年后来到中国，成为一名英语教师。原本我打算在中国待上一阵儿就返回美国，继续到社区工作。但在即将离开前，我决定留下来继续教书，不仅可以教英语，也可以教与美国相关的其他内容。同时，我自己也可以更多地了解中国。

其次，是什么驱使我写这本书呢？让我们回到 2007 年，那时我刚到北京，在中央民族大学任教，有位同事名叫大卫，也是一名美国社会学家。他退休后来到中国，教了一年英语后从事其他一些需要往返于中美之间的工作。大卫非常关注国际新闻，他每天都会在自己的公寓里上网浏览《纽约时报》。通常我们会在晚上碰面，他经常向我述说自己的困惑："我不明白，我真的很困惑。《纽约时报》上一篇又一篇关于中国的文章，说中国这也不好那也不好，一切都糟糕透顶。但当我走出公寓时，看到大家都很幸福，有人欢笑，有人哭泣，有人满怀希望，也有人忧郁沮丧。这些都是生活的常态，有好的也有不好的，到哪里都一样。我读到的与我亲眼看到的中国，简直就像两个完全不同的世界。"

就像大卫一样，我从报纸上读到的与我亲眼所见的中国也像两个不同的世界。那时候是这样，现在依然如此。自从新冠肺炎疫情暴发以来，许多西方媒体所描述的中国的情况与事实大相径庭。

马克在《我的中国故事》新书首发式上为读者签名（2014 年）

　　然而，感到困惑的不只是大卫和我，许多访问过中国或在这里居住过一段时间的外国人也有同感。长期留居中国的人或许逐渐理解了这一矛盾，而对于那些无法亲身感受中国的人，难免会被不实的消息所蒙蔽，这样的困惑可能永远无法被消除。

　　事实上，自从我来到中国，那些怀有政治动机的有关中国的言论就一直甚嚣尘上，有增无减。这本书是为那些希望客观了解中国、不愿被怀有政治动机的言论蒙蔽双眼的人所写，希望您会喜欢这本书。

三军仪仗队战士正在为中华人民共和国成立60周年阅兵式做准备，马克在旁与战士们合影（2009年）

马克在北京"老听吧"演出的海报（2008年）

马克与孩子们一起登上农民工的"打工春晚"（2009年）

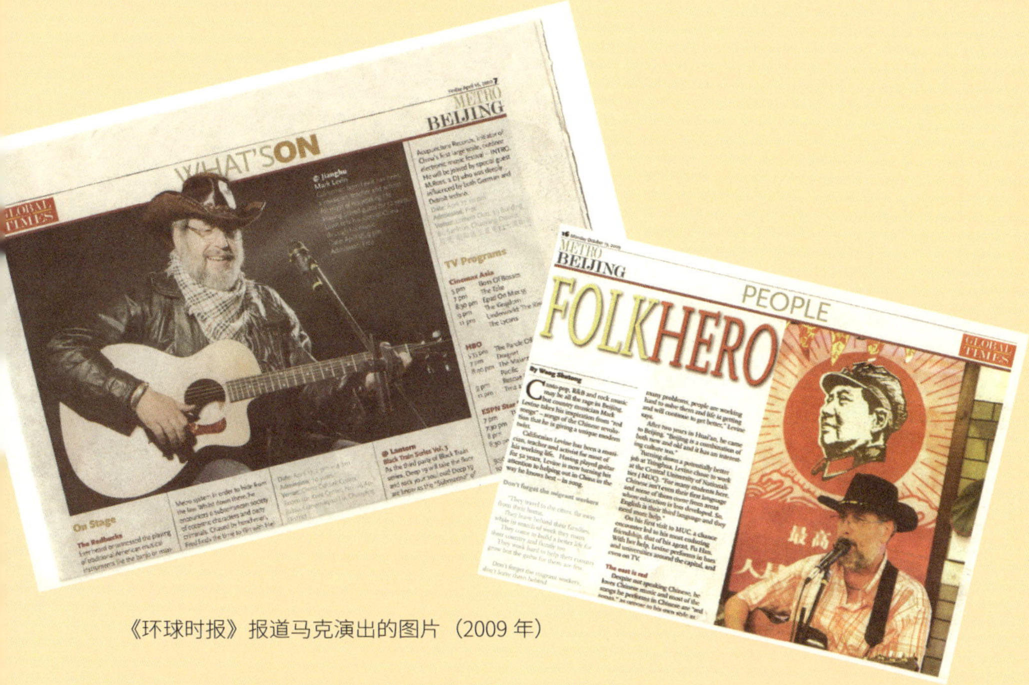
METRO BEIJING

GLOBAL TIMES

WHAT'S ON

TV Programs

On Stage

PEOPLE

FOLK HERO

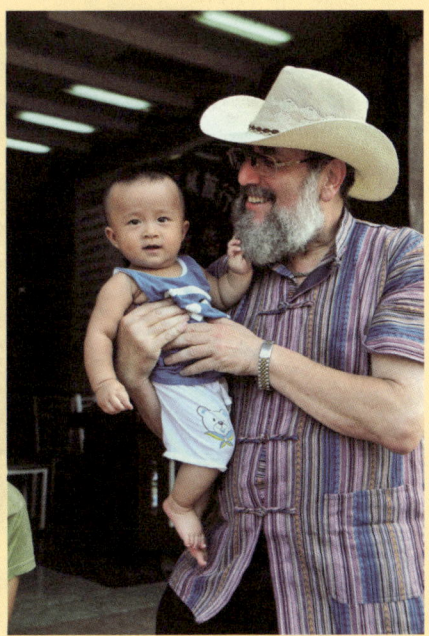

《环球时报》报道马克演出的图片（2009 年）

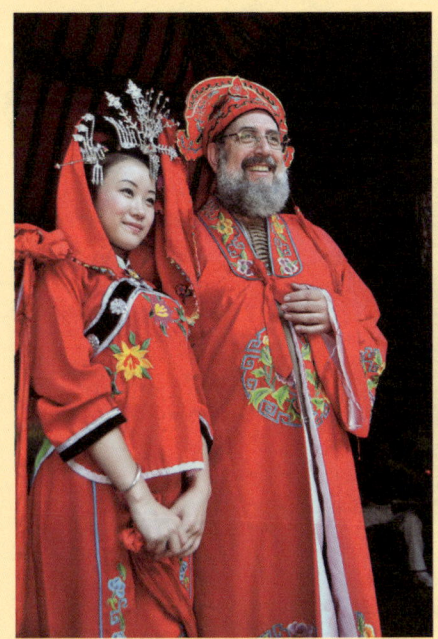

凤凰古城古老舞台上的“婚礼”（2010 年）

马克与凤凰古城的小男孩（2010 年）

马克和傅涵在凤凰古城的街上唱歌（2010 年）

马克在凤凰古城的岩洞口弹吉他（2010 年）

左页图：马克在凤凰古城的沱江上泛舟（2010 年）

舞台上的马克（2010 年）

唱响我的中国故事

马克在北京参加为内蒙古阿拉善小学举办的公益活动（2010 年）

《我的中国音乐之旅》CD 封面（2011 年）

马克在长城上自弹自唱（2011 年）

马克在北京八达岭长城上（2011 年）

马克在毛主席的故乡湖南韶山毛泽东纪念馆（2011 年）

——雷锋事迹大型原创摄影

主办：中国摄影家协会
中国人民革命军事
上海希望工程办公
承办：中国社会福利基金

微信号：insideout2013

马克在雷锋展览上唱歌（2012 年）

马克作为评委出席外语教学与研究出版社举办的"全国英语演讲大赛"（2012 年）

马克与来自中央民族大学的选手冯晓（左）和黄鹤（右）合影留念（2012 年）

马克与傅涵组成"秀外慧中"乐队（2013 年）

绣有汉字"马克力文"的帽子（2013 年）

"秀外慧中"乐队在北京后海街头表演（2014 年）

"秀外慧中"乐队在北京中央民族歌舞团剧院表演（2015 年）

马克在山东财经大学做演讲（2019 年）

马克在参观中华人民共和国成立 70 周年阅兵式（2019 年）

第一部分

初识中国
新家淮安

马克力文 Mark Levine

01 启程

2005 年 8 月 28 日下午六点半左右，我抵达了中国江苏省淮安市，打算在这里度过我人生接下来的 9 个月。实际上我是一天前到达上海的。迎接我的李会照，是我将要执教的学校外事部门的工作人员。我们本来应该在抵达上海后乘车 6 小时到达淮安，但是由于缺乏国际旅行经验，我未能在抵达后领取行李，所以，我们不得不在上海待一晚上，等第二天早上行李从北京寄来后再出发。

15 年前我第一次来到淮安市的情景如今依然历历在目。到处都是自行车——我们乘坐的汽车被自行车包围着，看起来就像一张环法自行车赛图片中的场景。不同的是，这些人并非职业赛车手，而是普普通通上班、回家、逛街的市民。我就要到我的新家了，从此开始一段非同寻常的旅程，与来自中国天南地北的人们邂逅、相处。

我来中国，是要在淮阴师范学院教一年英语。多年以来，中国政府一直在鼓励人们学习英语，以便能与世界上更多国家的人进行交流。当时距 2008 年北京奥运会只有三年时间，英语学习的气氛日益浓厚。中国亟需聘请以英语为母语的外国人来中国教各个年龄层次的人学英语，从幼儿园的孩子到成人。

当时，许多在淮安生活和工作的人对这个城市的描述是"一座又穷又小的城市"。但我认为穷和小都是相对的。江苏省是长江三角洲的一部分，也是中国经济最发达、最繁荣的省份之一。其南部与大都市上海接壤，但是淮安位于江苏北部，属于欠发达地区。至于城市规模，在美国有一个普遍的说法，即"德克萨斯州的一切都很大"，而我认为说这句话的人应该从未到过中国。就淮安而言，若说它大，市区的人口只有约 60 万；若说它小，加上城市行政辖区内的四个郊区县，淮安的总人口超过 500 万。

此次中国之行，不仅是我第一次在美国以外的地方生活，也是我第一次在国外连续待 4 天以上。因此，我预料到我会经历许多新鲜有趣的故事，最重要的是我还会结识不同的人。

唱响我的中国故事

我来中国的第一周就在学校里结识了一位年轻的计算机老师——王慧华。外国人和她的学生们都称她为雪莉·苹果（Shelley Apple）。她的脸上总挂着灿烂的笑容，很少有人能见到她有愁眉苦脸的时候。大家都为她的友善所感染。雪莉学习英语非常用功，她很渴望结交外国教师和留学生，在我们第一次见面的几天后，雪莉就用实际行动表示了对我的欢迎。

　　我是一名吉他手，从9岁起就开始玩吉他，但我来中国时没带吉他。在美国，借把吉他是件很容易的事儿。许多人认为吉他是一种非常容易学并很快能上手的乐器，一时兴起就会抓起一把吉他开始学。但当他们意识到一切并没有想象的那么容易，学习吉他也要花一定功夫时，便会扔在一边不学了。在这种情况下，如果有人要借自己闲置的吉他用，他们是很乐意的。不知道中国的情况是怎么样，但我想可能大同小异。还好我的希望没有落空。到达淮安后，我向几个人提过我想借把吉他，雪莉是第一个说"我有吉他，但现在不弹了，我可以借给你"的人。许多人无法忍受练吉他时指尖被挤压的疼痛，雪莉就是其中一个。后来我得到了一些更好的吉他，但她的吉他是我在中国用的第一把。

　　雪莉还让我结识了她的家人。雪莉来自淮安市下辖的涟水县，她的家人住的地方离我们学校约30分钟车程，所以他们会定期进城来看她。她不止一次邀请我参加她与家人的聚餐。有一次，她的奶奶、姑姑和叔叔等人突然进城来看她。雪莉给我打电话，邀请我和他们一起共进午餐："你想不想来？你可以见到我的家人，我希望他们能认识你。"我毫不犹豫地回答："当然愿意了。"

　　我们去了当地的一家餐馆，除了我，雪莉是饭桌上唯一会说英语的人。她父亲的妹妹，也就是她的姑姑坐在我的右边，雪莉坐在我的左边，饭桌上还有其他5个亲戚。在中国，有重要节庆或宴请客人时，酒是必不可少的，大家通常饮用啤酒或白酒。不过慢慢地我发现，中国本土产的或外国进口的红酒也已经越来越普遍地出现在餐桌上。饮酒的量可多可少，但重要的是饮酒的程序并非一喝了之那么简单。

　　人们通常不会端起酒杯自斟自饮，而是要从主人向特殊的客人敬酒开场。一般的流程是敬酒、喝酒、吃菜，之后，主人继续向餐桌上的其他人敬酒。等主人向所有客人敬酒完毕，其他人也会跟着再敬。

并且敬酒通常是一次敬三杯。例如，如果我是一个饭局的主人，席间有某个特别的来宾（例如我的老板或访客），我会首先向此人敬酒，喝完三杯之后再去招呼其他客人。

我们到了餐厅坐下后不久，雪莉的姑姑开始端起一杯白酒向我敬酒。但她敬了三杯后还不停下，继续一次又一次地向我举杯。我觉得自己已经喝得太多了，就说："这要是在我年轻的时候，我会继续陪你喝。但现在我上了岁数，不能再喝了。"雪莉的姑姑回答道："别说这些，我和你岁数一样大。"我表示不相信，又以年龄大为由推脱了几次，并向她透露我已经快六十了，结果她还是说和我一样大。最终，我说："您看起来确实要年轻很多。"她道了声谢，也就不再向我敬酒了。

第二天，雪莉告诉我，她的姑姑大约比我小十岁。我问为什么她一直坚持说自己年龄和我一样大，雪莉笑着答道："她一直就是这样，告诉别人的年龄比实际年龄大。"人们一般习惯于往小了谎报自己的年龄，我对她姑姑的这种做法表示不解。雪莉说："她非常喜欢听别人说她看起来比自己所报的年龄小很多。"

2006 年圣诞节期间，我又和雪莉的家人见面了。不过这次见面是在雪莉的老家。我见到了她的父母，他们非常热情。她的父亲会说一点英语，女儿的一位在中国教英语的外国朋友兼同事能来家里做客令他尤为兴奋。

和她的母亲一样，雪莉一生下来就是个基督徒，她们计划着圣诞节去教堂参加礼拜。尽管我不是基督徒，但这些年来作为美国的义工组织者，我去过许多不同教派的教堂，能有机会去看看中国的教堂是我求之不得的。我问雪莉是否可以加入她们的行列，她说："你不是基督徒，为什么要来呢？"我解释说："我初来乍到的，非常想了解中国人的生活，包括去教堂，所以我想去看看。"雪莉说："那好吧，如果您想来，那就欢迎。"

教堂距离她家步行不到五分钟，我们到达时已经挤满了人。这是一个相当大的教堂，能够容纳 1000 多人。淮安的这个地区很少有外国人光顾，对于这里的居民来说，看到外国人进入他们的教堂无疑是一个惊喜。而我听到他们用汉语演唱《三博士》圣诞歌时也很惊讶。当我开始用英语唱这首歌时，雪莉看着我说："哇，什么歌你都会啊！"

后来雪莉还安排我去其他城市旅行。虽然在淮安市区北边的涟水县出生和长大，但她在江苏省南部的大学上过学，在那里仍然有很多朋友。当知道我非常希望更多地了解中国后，她邀请我加入她的苏南之行。她要先去苏州，一座因其河道纵横而被冠以"中国威尼斯"之称的城市，然后再去扬州。我渴望见识更多的东西，所以再次毫不犹豫地答应一同前往。但没曾想这次旅行造成了我们之间的两次冲突。一次发生在我们离开淮安之前，另一次则发生在旅途中。要了解这两次冲突，我需要先做些背景介绍。

在中国，我的合法身份是"外国专家"。中国现有约 100 万名外国专家，而在 2006 年，这个数字可能只有一半。这些外国专家享有在中国生活和工作的权利。这一身份是由外国专家局批准的，它授权企业、学校或政府机构等单位来接收外国专家，并为他们申请在中国的入境、居住和工作许可。就我而言，这些申请是由邀请我前来任教的淮阴师范学院外事部门提交的。

为了获得批准，学校不仅要证明我在相关领域的资质（如英语教师资格），而且还须描述我的工作职责和薪酬，包括工资、保险、居住地、住房补贴等。除此之外，据我了解，在我履行外国专家职责期间，当地外事办（FAO）还要对我的人身安全承担全部责任。关于安全保障问题，一方面，全国有通行的规定；另一方面，不同地区还可根据当地情况出台不同的细则。

在听说了我这次的出行计划之后，校外事部门负责人徐平坚持要和与我同行的人或者在目的地接待我的人直接谈谈。徐平想直接向这个人说明一下，他或她要对我的安全负责。我跟雪莉说明了这一点，雪莉很乐意承担这一责任，但是她不想和徐平谈，因为徐平在学校里有态度严厉的名声。我当时试图理解她不愿与徐平沟通的原因，但最终还是理解不了，最后我说："好吧，那我不去了。"然而她真的想帮助我见识和体验新事物，所以最终同意与徐平直接对话。出发前，雪莉跟我确认说自己已经给徐平打了电话，但她没告诉我他们之间谈话的内容，我是后来才知道具体内容的。

第一个晚上，雪莉把我送到我要下榻的酒店。她的朋友为我预订了一个房间，而雪莉则打算在她的朋友家过夜。在酒店登记后，雪莉一直陪着我到房间，确认一切安排就绪。离开时，她语气非常坚定地对我说："别离开房间，明天早上我来接你。"

我每天醒得很早。不知道为什么，无论是在家还是在外旅行，我都会醒得很早。在家里，我有很多事情要做，而在旅行时，我喜欢起床后出去走走，或者像我现在经常会做的，骑着一辆共享单车四处转转。我想看看周围人们的生活，不想待在酒店房间里无所事事。清晨，在大多数人上班之前，有太多值得一看的东西。你可以看到市场上所卖的肉类和蔬菜，还可以看到人们在公园里锻炼、唱歌或跳舞，我希望看到或参与到这种生活中。因此，我强烈反对把自己关在酒店房间里，并告诉了她我清晨的计划。雪莉坚持说我不能那样做，并补充说："如果你不答应待在自己的房间里，我今晚就不走了，一直守在你的房间外面。"经过一番争论，我最后同意了她的条件，并保证在她早上来之前不会离开自己的房间。

可能是担心我不守约定，雪莉比原计划提前半小时来到酒店。之后，当我们坐在公园里等待她的另一个朋友来接我们去汽车站时，她突然说道："我再也不会带你到任何地方去了！"这时我才听到雪莉讲她和徐平通话的事。来之前，徐平十分严厉地跟雪莉说，如果我和她一起去，她要全权负责我的安全，如果我发生任何问题，她的麻烦就大了。我不知道这次通话实际持续了多长时间，但一定比雪莉想象的要长得多。还可以肯定的是，对方说话的语气是她无法接受的。剩下来的旅程可以说都很顺利，雪莉和我依然是好朋友，不过她言出必行，此后再也没有带我去任何别的地方。

雪莉的经历与我在淮安结识的其他许多朋友有所不同。她目标清晰，但在前进道路上困难重重。尽管一路坎坷，但她最终还是找到了实现自己目标的途径。事实上，直到雪莉和我都离开淮安好几年后，我才对她的经历真正有所了解。

我们刚认识的时候，雪莉是一个计算机教师。我的许多学生同时也是她的学生，他们告诉我，雪莉是一位友好而勤奋的老师，他们很高兴雪莉·苹果能做他们的老师。他们都不知道雪莉的中文名字是什么，对他们来说，她就是雪莉·苹果。她与我谈过自己如何努力提高班级学习效率，同时提高自己的教学技能，包括尝试双语授课。但结果表明，种种努力对她来说只是事倍功半。直到我们认识七年多后我才发现，成为一名计算机教师从来不是她的奋斗目标，她说："我想要的不仅仅是工作、赚钱、吃饭和睡觉。"

她是 20 世纪 90 年代末进入大学的，她真正的兴趣是外语。她说："父亲的建议是，我应该学一个更热门的专业，那样会有更多的就业机会。"因此，她采纳了父亲的建议，主修了计算机科学专业。但是她对这一领域不感兴趣，学习也不十分努力。

毕业后，由于缺乏计算机编程方面的经验，她无法在这一领域找到工作。雪莉曾在一家 IT 公司找到过一份工作，但公司老板希望她做公关，这意味着她要花费大量时间在吃饭应酬上，就像我在前文所描述的那种吃吃喝喝、敬酒饮酒的场面。这对雪莉的姑姑来说可能是一件好事儿，但对雪莉来说，并不是理想的工作。

她在大学期间学习不努力，这也导致她在研究生考试中表现欠佳。然而，她不言放弃，并终于找到了进入研究生院学习的途径。她了解到淮阴师范学院有招聘教师的计划，如果她与学校签订为期五年的工作合同，学院会把她送到其他学校去读硕士学位。学成后，她要返回本校按照合同条款履行教学义务。

雪莉顺利完成了三年制研究生课程。虽然她很想去一家大公司做程序员，但按照合同约定，她必须至少再教一年学才能获得硕士文凭。就这样，教师成了她的第一份工作。一年后她通过了硕士文凭考试，并在我们初次见面的几个月后获得了硕士学位。

她的目标仍然是要成为一名程序员，但是缺乏经验依然是她面前的一个拦路虎。另外一个问题是，雪莉发现自己的生活变得越来越安稳舒适。她有自己的收入、福利、居住的地方，最重要的是她得到了一定的社会地位——她是大学老师！尽管这些条件足以使很多人称心快意，但对于雪莉而言，这些并非她所追求的。所有的尊重和物质享受正在吞噬她寻求改变的动力。在描述这一点时，她使用了"温水煮青蛙"的比喻：她就像一只放在锅里的青蛙，一开始感觉舒适惬意，直到锅里的水开始沸腾她才意识到危险，想要跳出来，但为时已晚。此外，即使她要找份新工作，面试她的人也会认为她在开玩笑——谁会想放弃这种安逸的生活呢？

但她锲而不舍，一次次求职，一次次被拒绝。她尝试着与同事们一起开发项目，但他们如盲人摸象，不了解外面的公司真正需要什么。作为学术研究任务，她需要撰写和发表论文，但她承认自己的论文质量参差不齐，有些甚至是要自己掏钱才能发表的。

2007 年春季学期，我们学校有三名来自外国的英语老师，包括我在内，学期结束后，我们三个人都离开了。接替我们的是一位胸怀抱负的苏格兰作家，名叫迈克·科马克（Mike Cormack），他到这里来是为了感受中国的生活。雪莉和迈克大约相识于迈克来中国的一个月之后，随后，他们的感情不断升温。2008 年迈克离开淮安到天津工作时，雪莉决定跟着他一起走。她向院长提出辞职，院长让她写封辞职信，但她没写，直接就走了。就这样他们一起去了天津，一个距北京约 130 千米的港口城市。雪莉没有什么计划，以为在天津找个工作很容易。她申请了几份工作，但都被拒绝了。后来她终于找到了一份销售工作，但她还是想让自己在计算机科学方面的知识能有用武之地，毕竟这些知识来之不易。

功夫不负有心人。最终，她在一家小型 IT 公司找到了一份部门经理助理的工作。这时，她逐渐感受到了现实生活的压力与艰辛，并开始观察其他人，向他们学习。除了完成自己分内的工作外，她主动要求加入其中一个编程团队，并慢慢崭露头角。经理发现她水平不凡，超出了自己的预期，六个月后，她以出类拔萃的表现获得转正的机会，并在新的岗位找到了自己的目标。

与此同时，雪莉和迈克结婚了，我参加了他们在天津举行的婚礼。雪莉希望婚礼能在教堂里举行，但牧师说，要想在教堂里举行婚礼，需要有证据证明新人双方都是基督徒。雪莉家乡涟水教堂的牧师为她写了一封证明信，但问题出在迈克身上。在回答是否是基督徒时，他的回答是："是的，我想是的。"除了庆祝圣诞节外，他从未参加过其他任何宗教活动，因此没有证据能够证明他是基督徒。最后，婚礼只能在一家饭店的宴会厅举行，由天津教会的牧师为他们主持。迈克的许多亲戚都来自苏格兰，当他们出现在饭店大厅时，其他客人都会停下脚步，目不转睛地盯着穿着苏格兰短裙的男人们。

雪莉怀孕时，公司说他们的规模太小，无法承担她的带薪产假，想解雇她。雪莉想留下来，但公司不同意。后来她不幸失去了孩子，公司的冷漠也令她很受伤，她辞职了。当时，雪莉这样的人才已经相当抢手。为了与前公司置气，她接受了隔壁一家公司的工作邀请。

一切进展顺利。这家新公司对她很好，她得到了重用。随着能力和信心的增强，她开始寻找更好的工作，并如愿以偿地被沃尔沃（Volvo）聘用。但是迈克刚刚在北京找到了一份工作机会，对雪莉来说，与迈克在一起比她的新工作更为重要，因此她只能忍痛割爱。搬到北京后，一开始的经历让雪莉的信心有些受挫，但很快许多公司的大门就为她敞开了。一些猎头公司主动与她联系，因为她的水平和阅历极具竞争力。她说："如果我告诉 A 公司 B 公司要我，A 公司愿意给我更高的薪酬。"雪莉的成就感也在倍增："一些有名的公司也在使用我所创造的东西。"她选中了一家中国金融软件公司——融通（Longtop），但这家公司后来因美国证券交易委员会令其股票退市而倒闭了。然而，塞翁失马，焉知非福？她的聘用合同被卖给了海南航空。雪莉先后成为这家公司的程序员、团队负责人和需求分析师。雪莉对未来仍充满希望，她说："我仍在发展和成长，期待着将来能与一家国际 IT 公司合作。"

几年后，迈克对自己在北京的工作感到不甚满意，也没有其他合适的选择。最终，他俩决定，迈克一个人先回苏格兰，如果他能找到一份好工作，雪莉和他们的女儿珍妮弗之后会去苏格兰定居。

现在，雪莉、迈克和他们 9 岁的女儿珍妮弗居住在苏格兰。雪莉如愿从事起软件开发工作。由于新冠肺炎疫情的暴发，在过去的六个月里，她一直在网上工作。迈克则成为一位职业作家。他们每年都会回淮安看望雪莉的家人，并在很久前就一直在考虑搬回淮安生活，只是新冠病毒的出现使这些计划暂被搁浅了。

2013 年，一档电视节目《外国人在中国》对我在中国的经历进行了报道。在接受该节目采访时，记者问我对生活的看法，我的回答是："一些人专注于自己没有的东西，而我觉得更为重要的是，首先要对自己拥有的东西心存感激，这样你才可以走得更远。"雪莉是我认识的许许多多坚定而充满自信的中国人中的一位，先是在淮安，后来去了中国其他城市，我已经遇到过许多这样的人，他们的人生故事是对这句话最好的注解。

02 追梦之子

　　我在淮安慢慢认识了许多学生，一些是我课堂上的学生，另一些则是我在校园里四处散步时认识的。我会主动和他们交谈，帮助他们消除与外国人谈话时的窘迫感。其中一些人成了我的朋友，这种友谊从未因时间和距离的变化而改变。这所大学的大部分学生来自江苏省内各地，少数来自中国其他省市。他们都有自己的目标，从这些目标是什么以及这些目标如何改变了他们的人生的故事，我们可以管中窥豹，了解学生们在现实中所面临的挑战。

　　与在美国一样，大学的排名在中国也具有重要意义。当身边有学生考虑去美国读书，或家长要送孩子去美国上学时，我经常会被问到一个问题："这是一所好大学吗？"中国学生渴望进入名校，实现自身价值的提升。我无法想象，一个来自排名靠后的学校的学生选择进修时，要付出多少努力才能被全国一流大学录取。可是，就有人真的可以做到。在追求梦想这件事上，中国人和世界上其他国家的人都是一样的。有的会一步步去实现，有的会在实现过程中发生一些新的变化，也有的会因为梦想遥不可及而放弃。总之，学生们大多都有自己的目标，他们不像有些人所认为的那样狂妄不羁、不受社会制约和家长管教。

　　在淮安的第一个学期，我教的西方文化课上有一名大四学生，叫怀亚特（Wyatt，中文名徐建）。他在班上 126 名学生中出类拔萃。他从不缺课，学习非常专注，课堂上积极参与，考试成绩名列前茅。在中国的大学中，英语专业的学生大多数是女孩，男孩的比例相对比较小，而且多数男孩的成绩排名靠后，但怀亚特却与众不同。

　　他来自淮安市郊苏嘴镇的一个村子，父亲是泥瓦匠，母亲是农民。

和我一样，也和我教的大多数学生一样，怀亚特是家中第一个上大学的人。他给我留下了非常深刻的印象，我们成了朋友。有一段时间他帮助我学习汉语，但是，最令我难忘的事与这些无关。

"刚进入大学时，我梦想成为一名教师，因为教师知识渊博，可以把自己所掌握的知识和技能传授给学生们。"他还跟我说，"我想帮助农村儿童，这些孩子因为家里没钱而被剥夺了接受良好教育的机会。"为了实现这一目标，怀亚特认为自己应该在获得学士学位后继续读研究生，因为虽然他学习成绩优秀，但在中国多如牛毛的高校中，淮阴师范学院仅排名 320 位，他希望能够继续提升自己的学历。

大四的上学期，怀亚特参加了研究生入学考试。尽管我不知道他那一年考试的成绩，但我知道他自己并不满意，他离自己梦寐以求的大学还有差距。但是目标就是目标，像雪莉一样，一旦设定了，他就不想放弃。

怀亚特毕业后没有去找工作，也没有回家。他租了一个面积不大的房子，通过兼职辅导小学生和高中生课外学习赚取一些钱来付房租，并把自己其余的时间都投入到自学当中。这一年里，我经常看见他在校园里读书（几乎所有来中国的西方人都很难理解，为什么周六晚上或暑假期间有那么多学生在自学）。

每天早上 7 点钟我离开公寓乘公交车或骑自行车去位于郊区的校区时，经常能看到怀亚特围着学校里的小湖边走边读。有时我们会聊上一会儿，然后各自去忙各自的事。有时我会在周末邀请他到我的公寓看一部我认为他可能感兴趣的电影。他的回答总是一样的："马克，非常感谢你的邀请，但我得学习。"从周一到周日，怀亚特一直在学习，没有老师指导，也没有人监督，他自己身兼数职，扮演所有这些角色。但无论发生什么事，他的脸上始终洋溢着笑容。

就这样，怀亚特学啊学……然后再次参加研究生入学考试。终于，功夫不负有心人，他所有的努力都得到了回报，怀亚特收到了北京大学研究生院发来的录取通知书，专业是计算机辅助翻译。

我和他都是在 2007 年来到北京的。自那之后，我们只见过两次面，一次是 2008 年他参加我的生日派对，另一次是 2009 年他来看我的音乐演出。每次他来，坐公交单程都要两个小时。

2013 年，怀亚特在香港拿到了博士学位，之后他便与妻儿一起定居在广东省深圳市。

🎸🎸

在淮阴师范学院任职期间，我教的主要是英语专业的学生。学校里教英语专业的共有三位母语为英语的外国人。非英语专业的学生也要学习两年英语，但大部分是由本地的英语老师来教。

在校园里，如果看到某个学生在读英语书或本专业的教科书，我经常会主动走到他们跟前打个招呼，问他们正在读什么。得到回答后，我会先做个自我介绍，然后请他们也介绍一下自己。对于他们许多人来说，这是第一次与母语是英语的外国人直接交流。

在我们初次见面时，杰安（Jan，中文名吴娟）还是一名艺术专业的大三学生。我在校园里看到她在看汉英词典，便走了过去。我知道她不是英语专业的学生，因为如果是的话，她会出现在我的课堂上。一般情况下，一名大三学生正式的英语课程应该已经结束了。"你为什么在看这本词典？"我问，"你打算参加研究生考试吗？"她回答："不是的。我的英语水平很差，我只是想继续提高一下。"

我们一开始交谈的时候，她显然十分紧张。一个陌生人冒昧地走过来和你说话，谁都会感到紧张的。但接下来我们谈了很多，她一直在为自己不知道某些东西或单词发错音而不停道歉。我告诉她不要担心，这不需要道歉。当我以这种方式与每个中国学生开始交谈时，都会这样说："你会说英语，而我一句中文也不会。我们可以交流的原因是你在努力学习我的语言，并且有能力说。而我对你的语言只字不懂。我很佩服你，已经学了那么多东西并且还在不断提升自己。"

谈话中我了解到，杰安来自淮安市涟水县的高沟镇。高沟是淮安著名白酒"今世缘"酒厂的所在地。我们用英语聊了大约两个小时，这是杰安以前从来没有经历过的。我问她："一开始我走过来和你说话时，你感到紧张吗？"她的回答在我预料之中："是的，紧张。"我继续问道："那现在呢？你现在还紧张吗？"杰安想了大约 15 秒钟，脸上露出灿烂的笑容，自豪地说："不，现在不了。"

我和杰安成了朋友。一来二去，她成了我的第一位中文老师。她很负责任，每一堂课都精心准备。一个月后，我们的汉语教学因她回家过春节而中断，假期结束回来后，她因工作太忙没有继续教我。

第一次见面后不久，我就知道了她的人生目标。她经常谈起自己的目标，不是我曾猜想过的成为小说家或去上海为某个外企工作，也不是成为一个伟大的艺术家，而是去西部。不是西方国家的那种"西部"，而是中国的西部——新疆或其他西部省份。她也想尝试开一家公司，继续她的艺术追求，但并没有想好具体怎么做。她的面前有两大障碍，首先是她需要钱，但她没什么积蓄，她的父母也没有，她认识的人当中也没有能够慷慨解囊的。她听说可以从政府那里申请一些资助。但即便解决了资金问题，她也还需要面对第二个障碍，那就是她的家人不支持她去西部。像许多工农家庭的父母一样，杰安的母亲希望她完成学业后能够回老家安顿下来，认为去西部发展的计划是不切实际的。

我们第一次见面时，杰安还没有男朋友。但在她大四的时候，我偶尔会看见她和她新交的男友在校园里一起骑自行车，有时候一人一辆，有时候一个载着另一个。她向我介绍自己的男友时，我问起了她去西部的计划，她说："他支持我，会跟我一起去的。"

随着毕业临近，杰安逐渐意识到，尽管去西部工作的想法令她魂牵梦萦，但她实在不知该如何克服现实中的障碍。最终，毕业后她还是同男友一起回了她的老家。她做美术老师，教小学三年级，男友做数学老师，教小学六年级。后来他们结婚并有了两个孩子。

到这里，我分享了两个学生不同的故事。怀亚特向往继续接受高等教育，他孜孜不倦、锲而不舍地为自己争取了继续深造的机会。而他最初希望人人都能享有接受良好教育机会的梦想也会不断激励他勇往直前。杰安去西部的梦想遭遇了重重阻碍，她退而求其次，将自己所掌握的知识和技能用在教书育人上。我相信，将来她的学生在实现自己梦想的道路上，一定会获得她的支持和帮助。虽然怀亚特和杰安追逐梦想的过程和结局不尽相同，但他们都代表了当代中国大学生的一种面貌。中国在不断发展，学生们的信心也在不断增强。

03 向花果山进发

　　我刚到中国时，薇薇安（Vivian，中文名王慧）还是一名英语专业大四的学生。她来自江苏省连云港，那是一个位于东海之滨的港口城市，距离淮安市约两个小时的车程。2005 年年底，我和她一道去了她的家乡，拜访了花果山。

　　那时我来中国已经三个多月了，终于第一次离开淮安去往别的城市。我们在一个淫雨霏霏的早晨出发，到达汽车站时我才发现，与我们同行的还有克里斯托——薇薇安的朋友及同班同学。我们在连云港车站下车后，薇薇安让我坐上停在附近的一辆警车。"警车！"我大叫道。我向薇薇安解释："在美国，坐在警车里的不是警察就是被警察逮捕的人。""真的吗？别担心，还记得我跟你说过吗，我爸爸是警察，这是他的车，他要带我们去花果山的。"薇薇安回答道。

　　我想说说我与薇薇安是如何结缘的。虽然在外语系任教，但我是一名社会学家。通过几个历史社会学系的学生，我认识了他们的一位老师，这位老师又把我介绍给了他们系的主任。主任很快邀请我给他们的学生做个讲座，于是，我准备了一个题为"美国的经济体系"的讲座，内容主要基于我在美国做义工组织者近 30 年的工作经验。现在中国的许多高校直接用英语做讲座已经屡见不鲜，但当时的淮阴师范学院还达不到这一水平。学校要求我先将讲座内容翻译出来，然后在我用英语讲时，另一个人在旁边用汉语翻译。因此，我需要一个人来帮我，我决定在即将毕业的大四学生中寻找一位。当我在西方文化课上问 125 名学生是否有人愿意充当这个翻译时，薇薇安自告奋勇地接下来这项工作。她说自己以前没有这方面的经验，但很想锻炼一下自己。像我的许多学生一样，薇薇安也希望自己将来能去一家外企工作，尝试翻译一些有难度的资料，能帮她在这方面做些准备。

　　距离讲座还有一个月左右时间时，我把材料交给了薇薇安，并告诉她第一步是阅读和学习。几天后我们碰了一次面，她提前列出了一些难点词汇，以及历史学、经济学等方面的问题与我讨论。后来我们又见了几次面，发现要想要做好翻译，她必须对现有材料做充分的了解，我们决定先从她对演讲内容的理解着手，并谈论相关的历史、经济、政治背景。薇薇安在翻译的准备过程中一丝不苟，她总是一边说翻译太难了，一边又对此过程乐此不疲。

终于到了讲座开始的这一天，我做英语演讲，薇薇安在一旁读她的中文翻译，如此以英汉交替的方式逐段进行，听众的反响非常好。在对两个语种的演讲稿做了一些改善之后，我们又给学校其他系的学生讲了三场。一轮讲座结束后，几位到场听演讲的中国英语老师告诉我，他们认为薇薇安的翻译非常精彩。

言归正传，让我们回到这次旅行的故事。在我们做首场讲座之前，薇薇安得知，我除了淮安以外还没有去过其他地方，于是她想帮我更多地了解中国，尤其是她的家乡。对许多远离家乡在外求学的大学生来说，家乡一词尤为重要。家乡是身份的归属地，也是他们自豪感的源泉，无论来自大城市、县城，还是农村，不管它是否存在问题或局限性，异乡之子总会对家乡充满情感。"欢迎到我的家乡来"是一个屡见不鲜的表达，多数时候这并不是一个真正需要履行的邀请，而是希望你对那个地方有宾至如归的感觉。

我对她的邀请感到兴奋不已，并渴望能够尽快成行。我们商量着下个周末就去。薇薇安和她的父母联系后说我们的计划没有问题时，我兴奋地大叫："太好了，我已经准备好了，等不及了。"但计划赶不上变化，两天后薇薇安告诉我她刚刚接到通知，班级要在那个周末拍毕业照，她无法如约前往。她和我一样都热切盼望着这次旅行，不想就此放弃，无奈拍摄无法改期。尽管很失望，但我们也无能为力。后来我们讨论是否可以换个时间再去，查完日历却发现接下来的几个周末都不行，不是她没时间就是我没时间。最早也得等到 12 月 10 日至 11 日的那个周末，也就是将近两个月之后。薇薇安提醒我，到那时天气会很冷的，但我回答："到那时，我在中国就待满三个月了，可除了淮安我哪儿也没去过。所以，为了这次旅行，天再冷我也会义无反顾地前往。再说了，12 月的淮安也暖和不到哪儿去。"

盼星星盼月亮，12 月 10 日终于来了，薇薇安说得没错，天儿是真冷！屋漏偏逢连夜雨，我当时感冒还没好利索，虽然不怎么严重，但很让人心烦。旅途中的大部分时间都是淫雨绵绵，但还好，至少没有下雪，而且温度在零摄氏度以上。花果山，我们来了！

薇薇安的父亲不会说英语，我不会说汉语，但他希望自己女儿的美国老师能在他们的城市度过一个愉快的周末，所以他一直在那里等着我们。他对我说："我希望你在我们的城市里过得又安全、又愉快。"他带我们到花果山，为我们买了门票，并与薇薇安商量好下午晚些时候来接我们。从一开始我就判定他是一个非常友好的人，之后我也感受到了他的热情好客。

我从学生那里多次听说过花果山，其中一些学生来自连云港，比如薇薇安。但不管是不是来自连云港，人们都知道这座山。它在中国闻名遐迩，不是因为它有多高（最高峰海拔 600 余米，根本算不上高），而是因为它是美猴王孙悟空的山头儿。孙悟空是中国古典长篇小说四大名著之一《西游记》中的一个虚构人物。《西游记》一书基于真实的历史事件改编而来，讲的是佛教僧人玄奘前往印度取经的故事。作者吴承恩生于 16 世纪，是淮安人。

来淮阴师范学院执教的第一个学期，我给英语口语课新生们布置了一个简短的戏剧表演作业。4 个班级的 24 个小组中，有 18 个小组选择了《西游记》中的故事。所以，在上大巴之前，我已经对《西游记》很熟悉了。

乘车上山时，克里斯托（Crystal）的男友也加入了我们的行列，他不仅给自己取了个英文名字"威廉"，而且还有中间名的缩写以及姓，全称"威廉·H. 波音"，这些字眼都与他的中文真名无关。他让我叫他"波音"。他选择这样一个名字的理由很有意思。克里斯托解释，她的男友从小喜欢飞机，曾梦想着成为一名中国空军飞行员，但最终因身高不达标而未能实现，后来他得知波音公司的创始人叫威廉·波音（William Boeing），于是也给自己取了这个名字。

克里斯托此番与我们同行，也是为了可以和男友波音相聚。而波音决定加入我们，是想将工作和娱乐结合起来。他是一家手机运营商的信号测试员，他随身带着测试设备，以便在我们攀登花果山时检查服务信号。每当我们停下来歇脚或进入山洞，他就会拿出自己的测试设备工作起来。一天下来，他开心地向公司报告，我们所经之地的信号都很好。

我们在中午之前到达山脚下，然后 12 点开始爬山。雨停了，温度已经降到冰点，但幸运的是没有下雪。这里我需要再绕个弯，说说在中国是怎样爬山的。我没有太多的登山经验，但是我看过电影和图片，不得不说，当我到达花果山并得知要爬台阶时，真是吃了一惊。这些台阶有的是混凝土的，有的是石头的，而且高低不齐。后来我走的地方多了，发现这样难走的台阶很普遍，而且这增加了此项运动的受欢迎程度。有些路段会有各个年龄段的人拥挤在一起，排队等着上山或下山。

天气越来越冷，人也越来越少。山上的风景美不胜收，令人流连忘返。三位同伴悉心照料我，尽力确保我的安全。我们顺利穿过几座寺庙，在一个山洞旁停下来，吃着薇薇安和克里斯托从淮安带来的午餐。当然，这个山洞既是我们的餐厅，又是波音的另一测试地。经过建筑物时，偶尔发现一小群猴子聚在屋顶。我们盯着它们看，它们也盯着我们看。我们爬得越来越高，温度也变得越来越低，所有人都陶醉在四周的风景中。同伴还不忘对我嘘寒问暖，尤其是薇薇安。只要我说没事，我们就继续前进，山顶近在咫尺时，我们一鼓作气，最后终于登顶。

当我们为成功登顶欢呼雀跃，并尝试着在雨雾中拍些照片时，有些小家伙打断了我们。一只猴子突然从岩石后面跳出来，紧接着又是一只，其实是两只，因为它怀里还抱着一个小猴儿。"快看，猴子！"我兴奋地大喊，并尝试拍一些照片，但浓雾中很难看清它们。正当我们饶有兴趣地观察它们时，更多的猴子如天兵天将般接二连三地蹦了出来，三只，四只，五只……

正当我摆弄相机时，一只猴子突然向我奔来，毫无征兆地扑向我的腿。我一下怔住了，手足无措。我从来没被猴子袭击过呀！又有两只猴子也直冲向我的腿，我急忙躲闪开来。薇薇安大声喊道："它们要吃的，把吃的都给它们！"我低头看着我的腿，果然，这只猴子想从我左腿裤兜里抢走一瓶茶，我忙掏出那瓶茶扔到地上。我的三个同伴也把自己随身带的食物和饮料扔给了这些猴子。看到我们把所有吃的喝的都献了出来，猴子们也就不再骚扰，我们趁机赶紧下山。冬天山上植物少，前来投喂的游客也少，猴子们才会如此饥饿。

花果山并不大，但下山比上山难。大部分台阶经过长年累月的踩踏，变得像玻璃一样光滑。上山时我的双腿已经累得有些发抖，下山时更累更危险。因此，在安全到达山底之前，我们的冒险之旅就不算结束。薇薇安对我的照料倍加悉心，此次旅行的初衷就是让我在这个著名景点留下美好的回忆，任何有损于这一美好经历的意外，比如我滑倒受伤，都是她不想看到的。

到了山下，薇薇安的父亲已经在等我们了。听了我们的讲述，他觉得我们与猴子的这次邂逅非常有意思。我们回到车里，驶向海边，穿过一条长长的堤道，抵达一个离海岸仅几公里的小岛。景色怡人，但空气又冷又湿，海面上波涛汹涌。晚餐后，我住在了薇薇安父亲安排的酒店。

第二天早上，薇薇安坚持让我品尝一下当地的特色早餐，我们去了酒店附近的一家餐馆，点了一篮油炸的煎饼卷豆腐。饭后即乘大巴返回了淮安。

花果山民谣

十二月那寒冷的一个早上，我爬上了花果山，
它就在那江苏的连云港，猴王悟空的故乡。
朋友们一起上了山顶，背后没有那回头路，
登上山顶的那一刻，猴子蜂拥把我们围住。

猴子们唱着：
"交出食物！交出食物！
赶上了冬天，心情很糟，我们早已饥肠辘辘。
交出所有的食物，交出所有的食物，
我们可不怕，管你什么来路。
交出食物！"

猴子们轮流出来讨要食物，一副誓不罢休的模样。
盼着它们快快离开，它们却依然来来往往。

那只高大的母猴，像那可怕的巨兽，
她径直走了过来，走到了我的膝前。

她伸手拍打我的衣裤，
看看还有什么食物。
彻底被这群猴子吓住，
却又连遭她的突袭，
二话没说，我们仓皇逃下了山。
"交出食物！交出食物……"

　　回到淮安后，我们又一起做了几场讲座，我对薇薇安的了解逐步加深。把英语说得更好只是她必须要克服的障碍之一，就像她不会让我在花果山的石阶上滑倒一样，她也不会轻易放弃自己的梦想。和如今许多中国父母一样，薇薇安的父亲认为，她最好的未来是参加公务员考试，然后在政府部门找个工作。他想让自己的女儿毕业后回连云港。而许多大学生都希望去大城市工作和生活，薇薇安也不例外。在中国许多地区，特别是北方，大城市指的是中国的首都北京。对于其他一些地区来说，大城市主要指上海。尽管还有其他吸引着中国年轻人的大城市，但没有一个比这两个城市更重要。尽管薇薇安热爱自己的家乡，且连云港是一个重要的港口城市，也有许多外企，但她对回到那里生活并无兴趣，她的梦想是去上海。

　　中国大学生前三年的课业比较繁重，到了第四年会骤然减少，学生们利用这一年时间可以集中精力撰写毕业论文，参加自己专业领域内的一些考试，拿到相关证书，或为攻读硕士学位做准备，或找工作。学生和学校管理部门都希望老师给予理解，不要给学生们在课业上做太多要求。少数学生在大四这年可能还会上几门课，但大多数人只有一门课或一门都没有，他们有足够的时间在本地或外地参加工作面试。

　　薇薇安与父亲在她的前途规划上产生了分歧。每当我见到她或与她联系时，薇薇安都会告诉我，在父亲的坚持下，她又要回连云港一趟。

不是去面试就是去参加公务员考试，她总为此闷闷不乐。几天后我问她进展如何，她告诉我她正在上海面试，同时也参加了父亲希望她去参加的考试。总之她仍希望到上海去找一份在外企的工作。她已下定决心，义无反顾。

她的执着得到了回报，她终于找到了一份心仪的工作。那是一家驻上海的英国公司，但和她想象的不大一样，她的主要工作是，通过电话向世界各地的公司推销他们的培训计划。薇薇安一天八小时都在不停地打电话，晚上还得花几个小时在网上寻找生意。公司要求她只能说英语。在那儿工作了几个月后，她跟我讲了一件好笑的事，有一次，她给香港的一个人打电话，对方问她是否会说中文，由于她的英国主管在一旁监听，薇薇安只能说不会，然后他们继续用英语交谈。

薇薇安的底薪微薄，业绩提成又可望而不可及。一个又一个月过去了，她还是没有销售业绩。大约八个月后，她跟我说自己终于"开张"了，虽然业务额不大，但那可是她的第一单业务啊！我一边听她兴奋地告诉我这个消息，一边想，她在英语方面的进步真大啊，简直令人刮目相看。

第一单业务成交后，第二单、第三单接踵而来。到了第二年年初，她已经干得非常成功，并担任了新员工的培训师。我问她是否打算离开这家公司，再找一份更好的工作，她回答自己要在这家公司再待一两年，那样可以获取更多的经验。大约不到两年后，她在一家国际船运公司找到了一份新工作，后来又被调去青岛。目前她已经在这家公司待了超过十年。陪在她身边的是她的丈夫和一个可爱的儿子。

中国西游记博物馆中的孙悟空画像（2013 年）

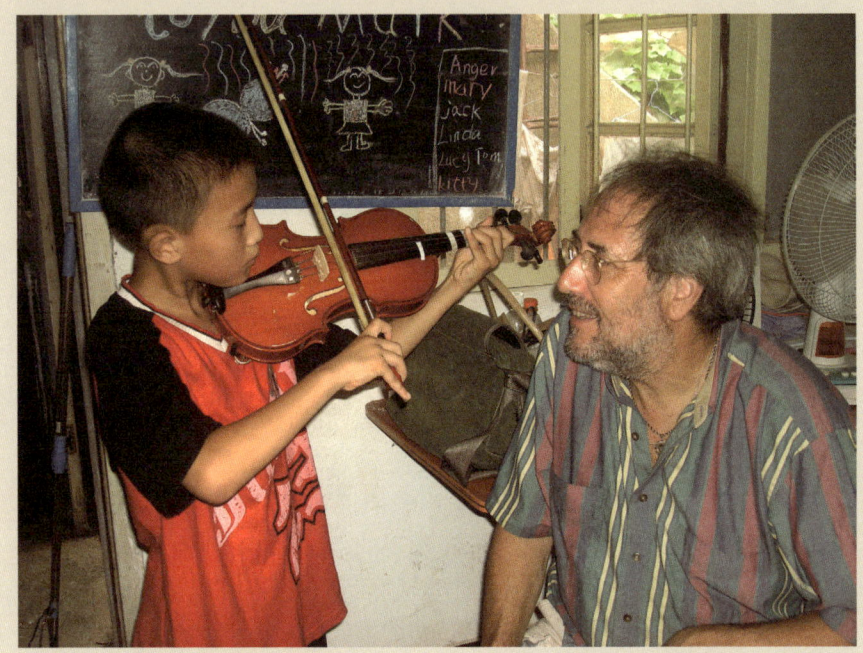

马克在淮安的一个夏令营中教孩子们拉琴（2006 年）

马克与连云港市一家医疗设备厂的工人们一起唱歌（2013 年）

马克在医疗设备厂大门外（2013 年）

04 淮安市外事办

在美国，我以社区义工组织者的身份工作了 29 年。这段经历告诉我，如果你想理解某些事或者融入某个社区，你需要积极地参与其中。在中国也是如此。我来中国的目的不仅是当一名英语教师，我还想以各种可能的方式为中国社会尽自己的绵薄之力。我的个性向来如此，不会因为自己现在生活在中国就改弦易辙。

中国很多省市的地方政府都设有外事办，学校和企业也有专门处理外事的部门，负责处理所有与外国政府、外企及外籍人员相关的事务。到淮安三个星期后，我过了自己在中国的第一个节日——中秋节，在淮安市工作的外国人都被邀请参加了一系列节日庆祝活动。参加这次中秋节宴会也是我第一次与在淮安市政府工作的人打交道，其中包括淮安市外事办的几个人。宴会上有十几个老外，其中有在当地四所大学和两所高中任教的老师，有参与该市国外贸易业务的工作人员。这些老外大多数都参加过类似的中式宴会，但对于我来说，这是"新娘子上轿"——头一回。现场来了许多市政府的官员，还有各学校的代表团——由学校外事部门的人员率队。我们吃的是江苏省这一地区的特色菜淮扬菜，菜品非常丰富。宴会上觥筹交错，大家推杯换盏，气氛好不欢乐。

宴会在市中心的淮海广场餐厅举行，这个餐厅位于淮海东西南北四路交叉口，处在名副其实的市中心。饭后，我们陆续走出餐厅，穿过马路，来到一个大型商场外，这里已搭起了舞台，摆满了桌子。

除了珍馐美馔，外事办还为我们准备了一场娱乐的饕餮盛筵。舞台上几位当地歌手放声高歌，舞蹈演员翩跹起舞。一些自愿献唱或演奏乐器的外国客人也到台上表演。大约一周前，我所在学校的外事部门也邀请我参加表演。我是个吉他手和歌手，这种表演机会自然不能错过，所以毫不犹豫地答应了。除了受邀嘉宾之外，观众中还包括 300 多名驻足观看的市民。外事办的工作人员想借此机会，更多地了解我们这些数量虽少但有着多样背景的外国人。他们跟我们说，如果遇到什么问题或需要帮助，我们可以与他们联系。我还有幸与几位市领导和外事办的代表交谈，在之后的交往中我们逐渐熟络起来。

在这次活动中，我认识了淮安市外事办副主任周洪兵，他毕业于我执教的淮阴师范学院。他在外事办担任多个职务，还曾在淮安国宾馆做过 9 年总经理。淮安国宾馆最初是由政府创立的，主要接待外国客人和中国贵宾。他现在的工作需要经常到国外出差，为淮安市招商引资。他已经去过大约 30 个国家。他十几岁的儿子后来告诉我："我爸爸每次去外国出差时，都会给我和妈妈带回来礼物。我发现，无论从哪个国家买的礼物，标签上都写着'Made in China'。"

周洪兵建议我去参观中华人民共和国第一任总理周恩来的纪念馆。周恩来出生于淮安，他是这座城市人民的骄傲。中国其他地方的人一提及这座城市，往往就会想到这是周总理的故乡。我第一次接到来中国任教的邀请时，邀请函上第一句话就是"这座城市是周恩来的故乡"，自豪感跃然纸上。

我如饥似渴地想更多地了解淮安市和中国，因此对周洪兵的建议很感兴趣。当他邀请我与他的妻儿一起，在即将到来的国庆节去参观

淮安市淮海广场（2011 年）

唱响我的中国故事

马克在周恩来纪念馆（2011 年）

周恩来纪念馆时，我简直迫不及待了。国庆节在 10 月 1 日，人们在这一天庆祝 1949 年中华人民共和国的成立。到了这一天，我与周洪兵和他的妻儿开始了淮安一日游。我们首先去了周恩来纪念馆，然后参观了城市防洪系统的关键部分。

周洪兵跟我解释，过去淮河每年都会发洪水，这种情况历时已久。在淮河与大运河交汇处修堤筑坝之后，洪水得到了很好的控制。大运河从北京一直延伸到上海以南的浙江省杭州市。在筑坝控洪之后，这座城市的名字从原来的"淮阴"改为"淮安"，新名字的意思是"淮河安澜"。

虽然对外宣传推广淮安是周洪兵的一项工作，但他显然不仅仅把这件事当成工作，而是满怀热情地在为淮安服务，他真的为这个自己成长、求学和生活的城市感到自豪。在接下来的两年里，我与周洪兵及其家人有了更多的接触，并逐渐结识了他的许多同事。在外事办认识了这么多热情友好的人，再加上我也愿意参加一些活动，这给了我为他们做点事的动力。淮安市外事办的一些工作人员会定期与我联系，请我协同他们翻译一些文件，我总欣然答应。除此之外，我还向他们提出了在淮安建立溜冰场的商业建议，帮助校对市长在上海商业论坛上所演讲的英文演讲稿，以及对淮安市宣传手册的英文版进行润色等。所有这一切都有助于我了解这座城市，并为我提供了一个以实际行动表达谢意的机会。

但做这些事的意义还不止于此。参与这些项目时，我特别提出需要别人配合，而不是我一个人来完成，这主要出于两种考虑。首先，他们的翻译稿通常是直译的，对我来说很费解；其次，在合作交流中能够提高翻译工作者的英语运用水平。于是外事办派来两名年轻的工作人员高庆军和郝萌与我合作。通常先由他们翻译出一个原稿，之后我们逐行逐句将翻译原稿梳理一遍，他们向我解释想表达的意思，然后再由我修改润色。这种方式不但提高了翻译质量，而且也使他们锻炼了用英语交流的能力。

我第一次在中国上电视也是由外事办帮着安排的。江苏广播电视总台（JSBC）制作了一档电视节目，叫《魅力江苏》。一次，他们与江苏省外事办合作，从全省选拔出一部分外国人，参加该节目的录制。节目时长 50 分钟，重点介绍全省各领域"外国专家"的生活。江苏省外事办向本省地级市外事办征求参与此节目人选的建议。淮安外事办推荐了我，一方面可以让我讲述在中国的独特经历，另一方面这也有助于宣传这座城市。江苏广播电视总台最初的答复是，电视台已经在该节目中安排了一位外国老师，没有兴趣再另请一位。但淮安外事办的工作人员锲而不舍，他们说："这是来自周总理家乡的一位美国老人讲述的故事，它很特别。"江苏广播电视总台终于被说服了。

我是整个江苏省选拔出来参加节目录制的 18 位外国人之一。关于我这一部分节目内容的标题，也是当时外事办说服电视台让我上这档节目的理由——"一位生活在周恩来总理故乡的美国老人"。由记者李汉春率队的电视摄制组从省会南京出发，经过两个半小时的车程来到淮安，然后用了一天时间拍摄有关我的节目。他们先是在我的公寓和教室里拍摄，又采访了我的一位学生安吉拉，以及外文系教务处副主任王炜。我们随后来到了周恩来纪念馆，在那里我还弹了吉他，唱了一段歌曲。在几周之后，节目经过剪辑播出了。

直到节目播出后，我才知道这是一场比赛！观众将短信发送到指定的电话号码，投票表决哪个外国人在中国的生活故事最具"魅力"。我的学生和同事们给了我大力支持，其中许多人还号召自己的朋友和家人来为我投票。出乎我意料的是，我的故事获得了第三名。周洪兵陪我去参加了特别颁奖典礼。

一天下午，我在位于郊区的淮阴师范学院新校区上完了课，正准备返回位于市中心老校区内的住所时，看见了淮安市外事办的高级职员孙醒以及他的几个同事。他们带了一些外国人来学校参观，我走上前去打了个招呼。孙先生见到我很高兴，向我介绍了他的美国客人，德克萨斯州的一名议员，其他人是当地几家公司的代表。他们此行的目的是考察几个中国城市，并对合资机会进行评估。孙先生邀请我加入他们的行列，我欣然接受了。

在我们共进午餐时，我向代表团介绍了自己在这座城市的经历。孙先生和来访客人对我的介绍很赞赏，因为尽管外事办的工作人员对这座城市的历史、优势和未来规划可以如数家珍，但由我这样一个美国人来讲述分量更重。外事办的工作人员还安排了其他活动，无论从个人还是工作的角度，他们都在尽最大努力使我和其他外国客人感到宾至如归。他们通过介绍、展示，为我们提供了更多了解和体验中国的机会。我们也会把自己的所见所闻告诉其他人。2007 年我离开淮安去了北京，但我与他们之间的联系从未中断过。

05 淮安的未来充满希望

　　每年到了旅游旺季，中国各地许许多多的城市和县城都会举办各种活动，目的是推广当地特产或旅游资源，有荷花节、西瓜节、小龙虾节等，不一而足。活动的开幕式上，有些地方政府官员及一些公司领导会首先发表讲话，接下来是专业演艺人员的现场表演，随后是与活动主题相关的其他活动，整个活动会持续数周甚至数月。

　　继 2007 年 9 月组织的中秋节晚宴和广场晚会之后，淮安外事办在淮安体育学院体育场举办了一场大型表演，这场活动是一年一度的淮安美食节开幕式的一部分，旨在弘扬和推广当地美食。两个小时的表演中，中国的专业歌手、舞蹈演员、喜剧演员和诗人接二连三走上台。淮安体育学院就在我任教的师范学院对面，这天晚上，我与成千上万观众共同欣赏了精彩的节目。我专心致志地观看表演，尽管听不懂中国的语言，对中国的音乐和文化也知之甚少，但这并不妨碍我对它充满热情。

　　有两个关键因素使我与淮安这座城市保持着千丝万缕的联系，这场演出就是其中之一。另一个关键因素是，我写了一首名为《淮安的未来充满希望》的歌曲，以此表达我对这座城市的感情。我本来没打算写歌，但就在我要离开淮安的几个月前，有一天，我抱着吉他坐在那里，思绪万千，几个小时后，《淮安的未来充满希望》诞生了。这首歌写的是城市中善良友好的人们、美丽如画的风景、还有丰富多彩的生活，最重要的是它表达了一种强烈的感受，即未来充满了希望和承诺，尤其是这句歌词表达了我的心声："在江苏平原上坐落着小城淮安，那是我自豪地称为家乡的地方。"

　　歌曲完成后，我立即拿起吉他直奔淮安外事办，来到孙醒、高庆军和郝萌三人共用的办公室。我告诉孙先生，我想和他们分享我的一首新歌。他打电话给周洪兵，几分钟后周洪兵就过来了。我发给他们每人一份歌词，然后给他们唱了这首歌。周洪兵当下就说，我所讲述的"正是我们希望客人看到的"。他请我把这首歌再唱一次，然后指

马克在淮安"盱眙小龙虾节"上为五万名观众表演（2010 年）

派郝萌把歌词翻译成中文。一两天后中文歌词就出炉了，郝萌请她的诗人朋友将歌词改写成了中文诗。

♫ 淮安的未来充满希望

在江苏平原上坐落着小城淮安
那是我自豪地称为家乡的地方
大运河诉说着她悠久的历史
那充满希望的未来对我是那么的意味深长

信步城市中心，漫步淮海广场
穿过四区四县她的身长

舞台上的马克（2012 年）

友好的市民正在辛勤地奋发向上
实现那充满希望的未来就在前方

她是全国第四大淡水湖，洪泽湖的故乡
湖里鱼虾河鲜密布，湖岸洁净细沙轻躺
清凉透彻的湖水照亮你的眼眸
那充满希望的未来是她的宝藏

从涟水的高高的农田来到盱眙低低的小山
又看见金湖如画般的林地映入眼帘
城市的美景处处绽放
你时刻都能感到，她的未来充满希望

她是新中国开国总理周恩来的家乡
周总理受人尊敬和爱戴，美名远扬
社会全面的发展和成长，让她的前景明亮
那充满希望的未来，正是周总理的期望

在江苏平原上坐落着小城淮安
那是我自豪地称为家乡的地方……

(淮安政府译文)

06 我与淮安挥之不去的情缘

　　《淮安的未来充满希望》是我创作的 70 多首有关中国的歌曲中的第一首。搬到北京后，我写了更多歌曲，并开始公开演唱自己和其他人写的歌曲。2009 年，我受邀在"北京别墅节"的豪华住宅颁奖典礼上演唱。在贵宾席上，坐在我旁边的唐强，是一位来自江苏省省会南京市的艺术家、摄影师、设计师和房地产开发商。他是此活动最高奖项的获得者之一。在傅涵（她是我在北京的第一个朋友，后来做了我的经纪人，随着我的故事继续，您会对她有更多的了解）的帮助下，我们互相认识并交换了彼此的联系信息。

　　在第一次见面的几个月后，唐强为他在南京新开发的一个房地产项目筹办了一场新闻发布会，他通过傅涵邀请我到现场演唱，我欣然答应，并在几周后参加了这次活动。

　　活动期间，傅涵认出了该社区的业主之一成中和。他是音乐制作领域中响当当的人物，曾与多家制作公司合作，参与现场节目和电视节目的制作。他参与制作的众多节目中云集了中国一些最著名的歌手、喜剧演员和其他领域的艺人。傅涵得到了成先生的电话号码，唐强还告诉她，成先生的家乡正是淮安市下辖的盱眙县。

　　回到北京后，傅涵给成先生打了电话，告诉他关于我的事，还谈到了我的音乐，并提到我在淮安住过将近两年。程先生说我们应该保持联系。第二天，成先生打电话给我们，邀请我们参加由歌手杨光的母亲举办的小型晚宴，这令我们惊喜不已。杨光是在电视节目《星光大道》上一举成名的歌手。

　　参加这次晚宴的另一个人邀请我们以客人和娱乐嘉宾的双重身份份，参加第二天晚上的另一场由淮安商会组织的晚宴。淮安商会会员包括数百位生活和工作在北京的淮安人，分别有政府官员、学者，商界、军队和媒体界人士。

　　此次活动后，成先生邀请我参加了一系列其他演出活动。2010 年初，我受邀参加淮安商会举办的另一场晚宴，对方希望傅涵和我能邀请我们的朋友——女演员方青卓来担任活动的主持人。方女士答复我

唱响我的中国故事

马克在北京淮安商会举办的春节晚宴上与周恩来的侄女周秉德共举杯（2010 年）

们说："当天晚上我还有其他安排，但我会为您改变计划的。"

当晚我选择演唱的歌曲理所当然是《淮安的未来充满希望》，我是用英语演唱的，尽管在座的听众中懂英语的人很少，但我唱完后掌声四起。而当方女士读完中文歌词后，观众的热情更如热潮涌动。就在听众大声喝彩时，两位 70 多岁的老人，一男一女，各自拿着一小杯白酒走上舞台来向我敬酒。那天傍晚的时候，我才知道那位女士的名字叫周秉德，而那位男士是她的弟弟。他们姐弟分别是中华人民共和国第一任总理周恩来的侄女和侄子。当周氏姐弟向我敬酒时，有人迅速递给我一小杯白酒，喝酒之前，周秉德用中文说："我想象不出还有哪个外国人能写出如此美轮美奂的诗。"敬酒后我们还一起合了影。

周恩来和他的妻子邓颖超没有自己的孩子，但他的弟弟有 6 个孩子。12 岁那年，周秉德和她的两个弟弟妹妹开始与周恩来和邓颖超一起住，他们一起生活了 10 年。后来她曾担任中国新闻社副社长。

在这之后不久，傅涵给周秉德打电话安排我们见面。我洗印出我

马克与周秉德交换照片（2010 年）

们第一次见面时拍的一张照片，并装上相框。见面时，我将照片作为礼物送给她。作为同礼，她送给我一个装有相框的周恩来版画，以及周总理和他的妻子邓颖超的照片。

　　第二年，我又一次重返淮安演出，这次演出对我而言意义非凡。成先生担任总经理的司麦澳艺术（北京）文化有限公司应邀主办了那一年的淮安美食节的文艺演出活动，他们专门为我安排了一个节目。4 年前，我作为初来乍到的外国客人观看了这一活动，4 年后我作为表演嘉宾重归故里。那我唱什么歌呢？当然是《淮安的未来充满希望》！

　　出发前我与淮安外事办联系，孙醒和郝萌邀请我在美食节活动过后作为客人再逗留几天，我欣然应允。那年淮安美食节的周末表演活动异常繁忙。除了美食节外，其他几项活动也在同时进行。孙醒、郝萌和高庆军组织了淮安首次国外姊妹城代表的大聚会，这些代表们分别来自加拿大、德国、俄罗斯、斯里兰卡、波兰和美国。这些外国客人们还观看了美食节的表演，之后的几天，他们参加会议或城市观光。我爽快地接受了与这些外国客人同行的邀请。重游这座城市时我才发现，它与 4 年前我离开时的样子简直不可同日而语，让我几乎认不出来了。我下榻的酒店距离我曾居住和工作过两年的地方步行不到 10 分钟，这是我在酒店住了 20 多个小时后才意识到的。

4 年前我离开淮安时，还没有我住的这两家新酒店以及新机场。除此之外，我还看到了几个新的购物中心、一个新的会议中心和四座漂亮的新博物馆。"淮安的未来充满希望"，我的梦想成真了。除了城市观光外，我还花了很多时间与淮安的几个外国姊妹城市的代表交谈。我分享了自己在淮安生活的故事，同时表达了对这座城市发生了巨大变化的欣喜之情。在我加入他们行列之前，如果说这些外国客人对一路的所见所闻已经喜出望外的话，那么我的讲述无疑使他们倍感惊喜。

马克在"淮安美食节"上与淮安市市长合影（2011 年）

马克在国家大剧院（2009 年）

  2013 年是周恩来总理诞辰 115 周年，在位于北京市中心的中国国家大剧院举办了大型庆祝活动。形似鸡蛋的国家大剧院在周恩来 1976 年去世很久后才开始动工，但其所在地实际上是由周总理在 1958 年选定的。参与庆祝活动准备工作的人当中包括周秉德。在讨论邀请哪些演艺人员时，她向组委会推荐了我来演唱《淮安的未来充满希望》。之后不久，演出活动的导演联系了傅涵，并告诉她我应该唱另一首中文歌。活动开始前几天，傅涵在电话中向周秉德提到了演唱歌曲发生变动的事。周秉德回答说："这事我来处理。马克应演唱与淮安有关的歌曲，这样才能表达对周总理的敬意，唱这首歌再合适不过了。"最后我还是唱了《淮安的未来充满希望》这首歌。网上有关此次音乐会的几条评论中，有一些还将《淮安的未来充满希望》称为"此次演出的亮点"，我对此倍感荣幸。

马克在江苏淮扬美食节演出后台（2011 年）

07 重返淮阴师范学院

再次重返淮安是在 2018 年秋末，我受邀回到我曾任教两年的学校，举办关于公众演讲方面的讲座。回淮安几周前，我就与淮阴师范学院和淮安市政府的许多老朋友打过了招呼。90 分钟的讲座在我这趟忙得不可开交的日程中只占一小部分。3 年前，我唱歌、写文章、接受媒体采访，为这座城市的宣传作出贡献，被当地政府授予淮安市"荣誉市民"的称号。与上一次回来相比，这一次更像是衣锦还乡、荣归故里。

提前一天到达淮安后，我首先与大学外事部门的李会照一起吃了午餐。还记得吧，前面我介绍过，15 年前，当我第一次踏上中国的土地时，是他在上海机场接的我。他不仅是我在淮阴师范学院认识的第一个人，也是我在中国认识的第一个人。

第一天晚上，我与以前的 8 位中国同事共进晚餐，饭局由英语系副主任托尼（Tony）做东。山姆（Sam）是我在淮安时过从甚密的中国老师之一。在座的还有已升任淮阴师范学院外国语学院副院长的王炜，2007 年我离开学校时，他还曾为我写过一封充满夸赞的推荐信。晚餐期间，我还接到其他几位老师打来的电话，听说我来他们很激动，但当晚有事缠身无法赴席，便特意通过电话来问候。

这些年来，我在中国许多大学举办过讲座。有些讲座是专为学生开设的，有些则以老师为主要受众，还有一些是同时面向学生和老师的。这次的讲座是为学生而做的，但我惊喜地发现，前两排的大部分座位坐的是我以前的同事和一些新来的教师，他们来这里一方面是为了听讲座，另一方面也是为了表示对我的尊重。

讲座后的那个晚上，我与两位以前的同事郜培和希拉里（Hillary）一起吃了晚餐。这是一次家庭式聚会，因为她们俩都各自带了丈夫和孩子。我在这里教书时，对这两位老师就已经非常熟悉，并且还和她们的丈夫见过几次面。在我到了北京后，也曾在那里定期看望过郜培，因为她为攻读博士学位在北京待过三年。

第三天早上，周洪兵请我吃早餐。我来淮安时，他已经离开了外事办，但仍在政府部门任职。2017 年，他又辞去了政府公职，此后仍住在淮安，同时在上海的一家公司任职，主要工作是将外国企业引入中国，重点是引进江苏省和邻近的安徽省。

在淮安的最后一个下午，淮安外事办的孙醒和郝萌带我踏上了一次特别的城市之旅。淮安这座城市规模很小，没有必要建设地铁系统，但市里当时已有两条轻轨电车线路在运行，主干线的终点站距离淮阴师范学院在市中心的校区步行只需要约 10 分钟。我们去了在建的一个城市新区，其中有新建的地方政府办公楼，还有一个体育中心、一个剧院和鳞次栉比的公寓住房。他们告诉我，来年年底一条高铁线路将开通运行，淮安到北京的时间将被缩短至大约 5 小时。这让我尤为震惊，因为我对此前在这两座城市之间的旅行仍记忆犹新，那可是要坐 13 个小时隔夜火车或 14 个小时卧铺巴士的漫长旅程。最后，我们还特地去了趟城市规划博物馆，其中展示了淮安市未来规划的模型、照片等。这是一次特殊之旅，因为当时该博物馆尚未对公众开放。

虽然我在淮安居住和工作的时间，以及离开后几次回来的时间加起来不到两年，但在这短短的时间里，我遇到的人以及我经历的事对我在中国的生活一直产生着影响。这些朋友和这些体验为我更好地融入当地生活、为我理解这个国家、为我学着去欣赏这里的人民打下了良好的基础。虽然后来我去过许多地方，做过许多事情，但淮安还是一个我可以自豪地称为家的地方。

好的开始是成功的一半。淮安给我开了个好头，精彩仍在继续……

马克力文 Mark Levine

第二部分

迁居北京
认识傅涵

08 执教于中央民族大学

尽管中国近 14 亿的人口中大多数是汉族人，但还有接近 9%（据 2015 年第七次全国人口普查统计）的人属于其他 55 个少数民族。就像欧洲和美国社会的构成一样，中国的多元文化是长期融合的结果。但是，美国的历史只有几百年，欧洲文明也只有两千多年，而中国的历史源远流长，可追溯到 5000 年前。

来中国之前，我在美国曾听说中国是一个多元文化国家。我读过埃德加·斯诺（Edgar Snow）的《红星照耀中国》，书中写道，19 世纪 30 年代，为了赢得更多盟友，毛泽东与不同少数民族的头领会面。但是，即使作为社会学家，当时我对这件事仍不理解，毕竟，中国是中国，中国人是中国人，对此我可以说是一无所知，不像我所熟悉的美国。

来到北京之前，我对中国民族和文化的多样性并没有切实的体会。在日常生活中，我仅知道街上有一些由回民经营的清真餐馆，他们特供各种清真食品。其他的就不太了解了。直到 2007 年来中央民族大学任教后，我才理解了中国作为一个多元文化国家的真正含义。中央民族大学是中国最多元化的一所学校，以前它只招收少数民族学生，而目前少数民族学生占比约 70%，其余则是汉族学生。除此之外，全国范围内还有 13 所少数民族大学，由国家民族事务委员会或省级政府管理。其他少数民族大学的学生大多来自其所在地的少数民族，而中央民族大学的独特之处不仅在于学生的多样性，还在于其教研的最强领域——民族学研究，民族学和社会学系以及学校的其他几个系在此方面独占鳌头。

例如，学校有最具少数民族特色的舞蹈、艺术和音乐课程，学生还可以专攻维吾尔族、藏族或哈萨克族等少数民族语言和文学。中央民族大学还为自己或其他学校招收的来自少数民族自治区的少数民族学生开设了"大学预科"课程，要求他们在正式进入大学课程前必须完成一至两年的包括英语、中文甚至数学等课程的学习。通常，如果你问一名中国普通高校的大学生是几年级的，他们一般会说大一、大

二、大三或大四；但如果你问到一名中央民族大学预科班学生，他们通常会回答"零年级"。

　　校园里许多地方都张贴着海报和标语，上面有身着各式各样少数民族服装的学生图片，宣传不同的文化和宗教活动。尽管学生跳舞、唱歌或演奏乐器时穿的是其民族传统服装，但他们平时的着装与中国或世界其他地区学生没有什么不同。因此，在校园里，仅靠学生的着装并不会使你一下感觉到自己身处一所特别的大学。中国有 10 个少数民族属于穆斯林，但只有一部分女学生戴着穆斯林传统样式的头巾，少部分男学生戴着穆斯林传统风格的帽子。

　　对于中央民族大学的大多数学生来说，英语是他们的第二语言。但是，对于某些学生来说，英语是他们的第三或第四语言。因为除了汉语外，他们可能还会说本民族的语言，以及其他语言。我认识的几个民族大学的学生会的语言不只一两种，甚至不只三四种，有的竟能达到六七种。而我敢肯定这样的人还有不少。

　　比如莉莉娅（Lilia），她是维吾尔族人，在中国西部的新疆维吾尔自治区长大，母语是维吾尔语，属突厥语系的一种。她还会说一些哈萨克语，也就是哈萨克族人说的另一种突厥语。莉莉娅上学期间开始学习汉语和英语，这算是她的第三和第四语言；而在中央民族大学外国语学院，莉莉娅学习的专业是俄语，所以俄语又是她的第五语言。

　　有一天，正当我往办公室走时，莉莉娅拦住了我，并做了自我介绍，我们就这样认识了。她的朋友是我的学生，她从他们那里听说过我的课程。虽然她会说点英语，但并不自信，聊了几分钟后，她向我道歉："对不起，我的英语口语不是很好。"我一如既往地回答："我不会说汉语。因为你会说英语，所以我们才能够进行 5 分钟、10 分钟或 20 分钟的交谈。我明白你说的，你也明白我说的。以后你可以多下点儿功夫，提高自己的口语水平，但不要说对不起。"

　　这次见面是在她大学三年级即将结束的时候。后来，我们在她大学的最后一年里也偶尔碰到并聊几句。而我们最后一次对话与以往不同，莉莉娅主动与我联系，请我帮忙。我们在一家咖啡厅见了面，她说："我已经被德国一所大学录取了，去读突厥语研究生课程。"之所以约我见面，是因为第二天她要去德国驻中国大使馆面签。她说："我很担心，因为面试要用英语进行。"接着，我们聊了如何用英语做自我介绍，以及面试中可能被问到的问题。交谈期间，莉莉娅拿出成绩单给我，我惊讶地问道："你学过突厥语吗？"

"是的，我学了两个学期了。"

"也就是说，你会说维吾尔语、哈萨克语、突厥语、汉语、俄语和英语，对吗？你还会说其他语言吗？"

"我一直在学习德语，准备去德国学习。"

"维吾尔语、哈萨克语、突厥语、汉语、俄语、英语和德语？"

"是的，但是我德语只会一点点，而且我的英语也不太好。"

"莉莉娅，你多大了？"

"我 21 岁了。"

"莉莉娅，面试时你要保持冷静，不用担心。你可以先介绍一下自己，解释一下自己为什么要去德国学习，然后回答他们可能会问你的问题。你的回答不一定那么完美，但最重要的是，你让他们知道，你是一个 21 岁的女孩，会说 7 种语言，然后就水到渠成了，他们就会给你签证。"

第二天，莉莉娅去使馆面签，面试后她给我打电话说："我拿到签证了，没什么问题了，多谢你的帮助。"

在中央民族大学任教的几年中，我教过英语口语、英语写作和英语公共演讲。此外，我还教了除语言学习之外的两门课程。其中一门是"西方文化"，从古希腊和古罗马开始，一直讲到现在。我们用一年时间谈西方的文明、历史、政治、哲学、经济和文化。另一门课程是"英国和美国纵览"。这些课程覆盖面很广，信息量庞大，而且全部用英语授课。偶尔我也会感到些许沮丧，因为有时学生们听不懂我讲的内容。这时候我就会停下来对自己说："看看，他们已了解了那么多不是用他们的母

马克在中央民族大学的
课堂上（2015 年）

语讲的知识，要让他们了解更多，需要提高的是我。"

在中央民族大学任教的这些年里，我必须承认，我和我的学生们在互相促进、共同提高。我教他们的同时，他们也在教我关于中国的方方面面，尤其是中国的多样性、存在的问题以及未来的发展等。

在我授课的第一学期刚开始的几周后，在一次初级写作课上，我讲明喻和隐喻的用法，并分别给出了一些例子。其中一个例子提到了猪。下课后，一位女学生走到我跟前说："老师，打扰一下。这所大学的许多学生都是少数民族，其中的一些同学是穆斯林。我有个建议，您课上不提'猪'这个字可以吗？这些同学可能会犯忌讳的。"我的第一反应是替自己辩护一下，我想说："我说的不是吃猪肉。"但我随即意识到，在刚听她说完的那一刻，我并未真正理解她所表达的意思。我被这个女孩的细心和对同学的关爱深深打动。作为一名汉族学生，她能替别人想到这一点实在难得。她也提醒了我这是一所什么样的大学，在这里上学的学生有什么不同。

在这所大学的第一年，我的经历可谓丰富多彩。那次"隐喻事件"发生后不久，有一次，当我快要走到校园大门口时，注意到一个站在人行道旁似乎在等什么人的女孩一直盯着我看。我向她问好，并和她

聊了几分钟。她介绍自己叫米兰达（Miranda），是北京外国语大学的学生。北外距离我们大学走路用不了 10 分钟。我问她是哪里人，因为在我不是很成熟的有关中国人长相的观念里，她长得不像我常见的汉族人。米兰达答道："我来自新疆，是维吾尔族人，我是穆斯林。"然后她问我："你是基督徒吗？"我说："不是，我是犹太人。"与外国人交谈已经让她很开心了，而听到我的回答后，她更加欣喜，大声说道："犹太人！你是犹太人啊，太好了，我以前从没见过犹太人。你是我见过的第一个犹太人！我们能成为朋友吗？"我几乎忍俊不禁，告诉她我很高兴成为她的朋友，然后我们交换了电话号码。

一两个星期后，米兰达给我发了一条短信："我的朋友在中央民族大学教英语，明天晚上她要为她的学生举办一次英语口语比赛，您愿意来当评委吗？"我二话没说就答应了。第二天，我如约而至，那时我才知道什么叫真正激动人心的比赛。米兰达的朋友，那位英语老师也是维吾尔族人，在中央民族大学预科班教新生英语。所有参赛者都是来自新疆的维吾尔族和哈萨克族学生。这些学生的第二语言都是中文，他们在两个月前进入中央民族大学后才开始学习英语。但就是这样一些学生，他们现在都有能力参加英语口语比赛了！

老师为所有参赛者准备了礼物，比赛期间还夹杂着娱乐活动。学生们表演各自民族的舞蹈、歌曲或演奏本民族的传统乐器。大多数表演者同时也是竞赛选手。参赛的 30 名学生中，每个人学习英语的时间都只有 6 周左右，但他们站在台上，勇敢而自豪地用英语做着讲演。这不是我第一次参加英语演讲比赛，但当我坐在那里时，不禁感叹道："刚学了这么短的时间，就能够用英语进行演讲，这些学生简直太棒了！"除了 30 名参赛者，观众席中另有 40 到 50 名观众，全都是维吾尔族或哈萨克族学生。另外还有 6 名评委，分别是来自北京 6 所大学的维吾尔族和哈萨克族英语专业的研究生。在这次活动中，我不光是一个老外，也是唯一一个哈萨克族或维吾尔族以外的参与者，还有可能像米兰达初见我时说的那样，我也是他们见过的"第一个"犹太人。想到这里，我不禁感到荣幸而欣喜。

那年年末，我报名参加了一个校园组织。这个组织的工作是为中国西部的贫困和欠发达地区提供帮助。虽然平时我自己的教学日程已经安排得非常满，基本无暇做太多事，但我还是挤出时间参加了一些

民族大学的古尔邦节活动（2011 年）

校园活动。活动中，我和一个来自宁夏回族自治区的学习法学专业的回族女孩成为了朋友。她没有英文名字，央求我给她取一个。我建议她使用莱拉（Leila）这个名字，她接受了。有一次我和莱拉聊天，我说，在世界的某些地区，她作为一个穆斯林，而我作为一个犹太人，我们俩是无法成为朋友的。她的回答简单而诚恳："是的，我听说过。"但显而易见，她觉得这种现象有点难以理解。后来，莱拉邀请我参加伊斯兰牺牲节（古尔邦节）庆祝活动，活动上我认识了一位英文名叫海伦的回族学生，我也对她说起这个话题，但她听到后脸上洋溢着笑容，自豪地说："但这是在中国！"

　　在中国的很多大学里，学生们除了上课、自习，还会参加许多课外活动。例如，校学生会和各个院系的学生会，会在每年的年初或年底举办一系列常规的庆祝活动，外国语学院有时会举办圣诞节庆祝活动，各个少数民族的学生也会组织丰富多彩的文化或宗教活动。

这些活动基本上对校内所有人开放。活动海报上的文字一般是汉字，有时也会使用某个少数民族自己的文字，偶尔出现少量的英文对照翻译。不懂中文经常会使我错过一些有趣的活动，所以，我只能请学生帮我留意这方面的信息了。2008 年 11 月，我在校园里看到路旁挂着一条横幅，上面既有汉字又有一行我从未见过的文字。我站在那儿端详着，正巧碰到我的一个学生路过，我就拦住问他上面写的是什么内容，他一边读着上面的中文，一边为我翻译："这是彝族同学庆祝彝历春节的活动。"

彝族是中国的少数民族之一，有自己的春节。最大的彝族聚居地是位于四川凉山的彝族自治州，而在四川其他地区、云南、贵州、广西等地也分布着大约 650 万彝族人。为了了解更多有关此方面的信息，我找到学生食堂附近的一个信息台，里面有很多版面漂亮、内容丰富的海报，宣传与庆祝彝族春节有关的特别活动。我与信息台旁的几位学生聊了一会儿，他们兴致勃勃地给我介绍了将持续一整天的活动信息。我欣然接受了他们送给我的演出活动门票，他们也为我能来观看感到很高兴。

当天参与演出或前来观看的彝族人不仅有本校的学生，还有来自分布在北京各处的彝族同胞。这是一场全北京彝族人欢聚的盛会。早上 7 点半左右我就来到了举办活动的运动场，尽管活动大约 90 分钟后才开始，现场却已聚集了很多学生。我的到来立即受到了大家的欢迎，许多身穿彝族传统服装的学生过来和我交谈、合影。不一会儿，越来越多人到场，包括一些汉族和其他少数民族的学生，还有一些外国人。大家有说有笑，气氛十分活跃。一个名叫雪莉（Shirley）的新生走到我身边，自愿要求担任我全天的翻译。她的英语很好，但与在场的许多学生不同，她既不会说彝族语，也看不懂彝族文字，因为她是在四川省省会成都的一个非彝族聚居区长大。

比赛终于开始了，首先进行的是彝族式摔跤，它让人联想到的是日本相扑，而非盛行于西方的希腊和罗马式摔跤。场上进行了多轮比赛，每轮比赛都以礼节性互相敬酒开始。每名摔跤手抓住绑在对手腰部的一条红色长巾，并将其作为一个着力点，努力把对手举起来并摔倒在地。每场比赛开始前，激动的人群会在摔跤手旁边围成一圈，欢呼着、雀跃着，直至冠军产生。

下一项活动是体育与求爱仪式的结合，称为"抢亲"。这项活动的规则是这样的，如果一个男孩喜欢一个女孩，他可以去抓住她、抱起她，然后把她扛走。如果女孩接受男孩，她会向他撒一种粉（这里用的是白面粉）以表示自己同意。同时，其他男孩也可以为获得这个女孩的青睐而展开竞争，可以趁别人不注意把女孩"偷走"。这项活动刚一开始进行得并不顺利，原因是尽管男孩们都争先恐后地上场，想"得到"自己爱慕的女孩，但许多女孩对当众成为男孩的示爱对象感觉不好意思。最终，在活动组织者的大力鼓励下，很多彝族女孩都来到场下，排队就位。随着求爱活动的开始，许多彝族和其他民族的学生在一旁加油喝彩，越来越多的男孩浑身上下都沾满了白面粉。

　　下午的演出活动可谓精彩绝伦。由于这是整个北京地区的彝历新年庆祝活动，可容纳1000人的表演厅座无虚席，很多观众都只能站着观看。表演者当中有一些是中央民族大学的学生，但大多数是专业的彝族歌手和音乐家，其中一些人享誉全国，并且是中央民族大学校友。

　　这场活动共使用了三种语言，几位表演者用英语演唱，而另外一些人则用汉语或彝族语表演。对于我来说，这样的安排增加了包容性，我想其他人也有同感。整场演出的高潮随着歌曲《彝族人》的响起而到来，这首歌的歌词由这场活动的主讲人所作。讲话中，他传达了一个重要理念，即彝族人，包括所有在外求学和工作的人，都有责任维护和弘扬彝族文化，并为远在千里之外的彝族家乡的经济发展作出贡

民族大学的彝历新年活动（2009 年）

马克与民族大学的学生们在一起（2008 年）

献。这不是一个新的理念，而是当今世界各地远离家乡的人共同的心愿。人同此心，心同此理，遥想大洋彼岸，在我的祖国也有许多异乡人，无论来自墨西哥、菲律宾，还是世界上其他地方，他们对于自己的族群和故乡总是怀着神圣的责任感，我想这也是这首歌曲的歌词想要表达的情怀。

　　我以前从未听过这首歌，但当陪伴我的汉族研究生希尔达将歌词翻译给我听时，我微笑着点头称是。这首歌给我的感觉很熟悉，就好像我曾听过，而且还唱过似的。它就像美国耳熟能详的乡村音乐《乡村路带我回家》的彝语版，表达了那些离开家乡的彝族人对家乡的热爱以及归乡的渴望。

　　晚会以集体舞结束。尽管天气寒冷，大家仍旧载歌载舞、其乐融融。这是我在中央民族大学第一次参加的少数民族文化活动，后来的6 年里我又参加了许多次。例如我还参加了羌族、侗族、彝族、壮族、苗族、黎族、藏族、蒙古族、朝鲜族、维吾尔族、哈萨克族等少数民族举办的各类活动，主办方有我执教的法学院、外国语学院，还有其他一些学院。在每次活动中，我都能够亲身领略中国文化的多样性。

马克的新书发布会（2014）

马克与中央民族大学民族博物馆的志愿者们在一起（2015）

马克与中央民族大学硕士毕业生们合影（2010 年）

马克在民族文化活动的签名处（2011 年）

唱响我的中国故事

马克与羌族学生们共庆羌历新年（2013 年）

中央民族大学民族文化博物馆学生讲解员毕业典礼（2015 年）

09 "美美与共，知行合一"

中国的大学必须定期接受国家或省级教育部门的检查。在某种程度上，这与美国大学进行的认证评估相似，但也有明显的差异。

在美国，联邦政府及各州的教育主管部门均不对大学作认证评估，但他们会给予一些私立的认证评估机构官方认可，再由大学自愿聘请这些机构对自己进行认证评估。因此，美国大学的认证评估是一种自愿的、非政府程序。每个私立的认证评估机构都有自己的评估标准。在熟悉了特定机构的评估标准后，学校会花数月时间来准备接受评估。

而在中国，这些评估是强制性的，由政府教育部门负责。省属大学由省级政府部门负责评估，而部属大学的评估则由国家教育部负责。对于努力提高大学水平、着力打造"世界一流大学"的中国来说，这一评估程序尤为重要。让我感到自豪的是，中央民族大学已获得"世界一流大学"的称号。

2016年秋季学期，中央民族大学正积极准备迎接教育部的评估。准备工作很繁琐，它涵盖了各个方面，包括公共设施建设、校园的维护和管理等。在我所任教的外国语学院，管理人员翻出所有需要的文件按要求提交后，又对过去几年所有学士学位论文和硕士学位论文进行复审，并对所有教学大纲和教学课程表的版本进行更新。我们知道评估大概会在2017年进行，但具体是在哪个学期、哪个月或哪几天进行尚不得而知。

准备工作一直持续到2017年春季学期。学校要求教师务必按照教务系统安排的课程表来上课，同时，每次上课时都要备有相应的课程表和教学大纲。如果评估人员突然来到班上，老师要随时提供给他们看。学校还提醒我们，要确保按时开课，实际上是要求我们在每节课开始前10分钟左右来到教室。还是那句话，我们仍然不知道评估何时进行。随着春季学期末临近，评估显然要等到秋季学期进行了。

最终，在评估到来前一到两周时，我们得知了具体评估日期和其他一些详情。评估需要一周的时间，由11人组成的评估小组进行。

此外，由于评估的是学校是否有资格被评为"世界一流大学"，所以该评估小组中还包括 2 名外国人——都是美国人。一开始我不知道这两个美国人是谁，但很快就得知其中一人是布莱恩·丹曼（Brian Denman）博士，他在澳大利亚生活和工作了十几年，现在拥有澳大利亚和美国双重国籍。

在评估工作开始前，布莱恩联系了我，他告诉我会来中央民族大学参与评估，并期待与我见面，想听听我对这所大学的看法。我认识布莱恩已有两年了，他此前多次来过中央民族大学开展自己的教育课题研究。我还见过他的夫人，以及他在澳大利亚养马的照片。

第一天之后，我接到通知，评估小组中的两个美国人都要求见一下这里的英语老师，而且他们（我确定是布莱恩）希望我也参加会议。他们只想见老师，不包括任何管理人员。共有 10 位英语老师参加，其中大多数人来自外国语学院。会议持续了约一个小时，一开始讨论的问题集中在学生现有水平上，随后是如何评估学生英语能力的提升等的问题。"我有一个重要的问题要问。"一番讨论后，另一位美国人示意，他曾在美国国家科学基金会担任提案评估一职20 多年。我突然有一种感觉，他一直想问接下来的这个问题，但不想一开始就提出来。他说："你们大部分的学生和教职员工都来自中国不同的少数民族。不同民族的学生和老师之间可能会发生冲突，你们是如何应对的？"

我举手问道："我可以回答这个问题吗？"他示意可以。

"上课时，我在班上放眼望去，下面有汉族学生，也有藏族、布依族、黎族、哈萨克族、维吾尔族、蒙古族、朝鲜族、壮族、羌族、回族、彝族、土家族、苗族以及中国其他少数民族的学生。他们一起学习、一起休息、一起上街。当一起吃饭的同学当中有穆斯林，他们会去校园里的某个清真食堂，学校周围还有很多穆斯林餐馆，他们也会去那里。我在中央民族大学已经教了将近 10 年英语。我在这里认识很多人，包括学生、教师和行政人员。我经常问很多问题，留心观察周围的一切。人们向我敞开心扉，知无不言。在将近 10 年的时间里，我从未见过或听说过校园里少数民族师生之间发生过任何与民族差异有关的冲突。"

我还提到，中央民族大学的校训是"美美与共，知行合一"，这正是大家在校园里能够感受到的氛围。这位美国评估人员的脸上一次次露出惊讶的表情。我的同事中，除了其中一个，其他都是在中央民族大学任教时间比我长 2 至 10 年的，听完我的发言，每个人都争先恐后地讲述起自己的亲身经历和见闻，以证实我所说的。

"这怎么可能？怎么会从来没有发生过种族冲突呢？"以往的经历告诉他，这显然是不可能的。

我继续回答："少数民族学生为自己能够来到中央民族大学学习深感自豪。我去过中国近 30 个省份，当我到少数民族地区时，那里的人会很兴奋地向我介绍，他们有同学、朋友或亲戚在中央民族大学上学或是从这所学校毕业。同时，中央民族大学的汉族学生也非常珍视这所大学的独特性。在这里，他们可以感受到自己国家的民族多样性，他们都为中国取得的成就感到自豪。

"国家这样做是有意而为之的吗？"

"坦率地说，对这一点我无法给出肯定的回答，因为我从未看到任何大学有过这样的宣言，但似乎教育和社会环境都在鼓励这种多样性。我是一名社会学家，尽管我远离社会学界已有数十年了，但如果让我来研究这里的学生，研究他们对其他族裔群体态度的变化，那么我可以说，与他们刚来到校园时相比，学生们彼此间的理解会与日俱增，以前对其他民族可能存有的负面印象或成见会日消月减，对这一点我是有自信的。"

这既不是我第一次，也不是最后一次做出这样的解释，它已成为我在发言中的一贯话题。无论走到哪里，我都愿意向人们介绍中央民族大学的这种特色，而我对它的理解和体会也将历久弥新。

10 建立纽带

　　2018 年 10 月，我以评委的身份参加了中央民族大学举办的英语演讲比赛，这次比赛又让深刻体会到了学校的独特性。比赛胜出的第一名是英语专业学生李新露，她的口语很棒，在学校已经小有名气，这次胜出是众望所归。赛后她将代表学校参加由外语教学与研究出版社举办的英语演讲大赛。比赛中有一匹"黑马"学生引起了我的注意，她不是英语专业的学生。比赛结束后，我主动和她打招呼，得知她叫桑迪（Sandy，中文名叫关雅婷），是满族人，正在学习维吾尔语言文学专业。

　　在美国时，我认识为数不多几个自己不是非裔美国人，却选择非裔美国人作为研究对象的学生。在中央民族大学，某个少数民族语言文化专业的学生大多数来自这一少数民族，但也有少数学生不是这种情况，桑迪就是其中之一。

　　"你学的是维吾尔语？有很多非维吾尔族学生这样做吗？"

　　"大一的时候，一开始我们班（这个班是由学习维吾尔语言文学的非维吾尔族学生组成的）有 20 名学生，但后来有 6 个人转了专业，所以现在我们班有 14 个人。"

　　学期结束前，我在校园里遇见过桑迪几次，得知她由于在之前那次演讲比赛中的出色表现，被学校选为代表参加了另一场英语演讲比赛，该比赛由《中国日报》《21 世纪英文报》共同主办。2019 年秋季学期初，我在校园散步时又遇到了桑迪，才突然意识到距我们上次见面已经过了很久了。

　　"上学期我都不在学校，我在新疆。"

　　"是吗，真好，但你在新疆做什么？"

　　"我去了一个村子，和那里的维吾尔族家庭住在一起。"

　　"是你自己要去的还是学校安排你去的？"

　　她解释说，学校安排她们全班同学一起去了新疆的一个村子，整个大二下学期他们都是在那儿度过的。这是我来到中央民族大学 12 年来第一次听说有这样的事情，我觉得这样的安排简直太棒了！我告诉桑迪自己很有兴趣了解更多这方面的信息。大约 10 天后，我们又见了面，再次深入讨论起来这个话题。

"高中毕业后我想学习一门语言，但以我的高考成绩进不了外国语学院。如果我调剂到维吾尔语专业，就可以被中央民族大学录取。我想在这里上学，这就是我唯一的选择。"

"只能学维吾尔语吗？"

"有些年份你可以选择学习藏语（指藏语言文学专业）或哈萨克语（指哈萨克语言文学专业），但 2017 年的时候这一政策刚开始实施，只有维吾尔语可选。"

"你自己觉得怎么样？"

"我很高兴能够来到这里，这是一个学习语言的机会。第一学年过后，学校允许我们改专业。我的一些同学改学了历史学、博物馆学或社会学等。我曾经也想改，但我真的很喜欢目前的专业，所以没有改。我真的很庆幸自己没改专业。"

"你在新疆的那个学期怎么样？"

"这个项目是这样的，在我们大二的第二学期，学校会把我们都派到新疆维吾尔自治区的某个村子里去。每个学生与当地的一个家庭一起住，学校会给每个家庭一些经济补贴。"

"你在那儿都做些什么？要上课吗？"

"周末我们有一堂课，会有老师教我们，但其余的时间我们只是住在那里。我们会和寄宿家庭的主人交流，也和他们的孩子交流，并给予他们力所能及的帮助。我寄宿的家庭非常友好，他们为我重新装修了房间，还特意给我买了一张新床。他们家有 3 个孩子，全都是男孩，这几个男孩都叫我'姐姐'。当我们这些学生走在村子里，当地人会盯着我们看，和他们交谈后，我们发现大家都非常友好。村子里有人搬新家时会举行特别的茶会，亲戚们都会来，我也会和我寄宿的家庭一起去。我会用维吾尔语说'很高兴见到你'，这时每个人都会为我鼓掌。"

"你在村子里还干些什么？"

"每个人都知道中央民族大学，非常欢迎中央民族大学的学生来到村子里。大约每周我都会去附近一个较大的城市购物。我会打出租车回来，司机总会问我来这里干什么，为什么要来。得知我们是中央民族大学的学生，来这里和当地村民一同吃同住后，每个人都感到很兴奋。"

桑迪还告诉我，学校每年都会招收40—60名维吾尔语言文学系的学生，并分配到三个不同的专业。其中两个专业全部是维吾尔族学生，一个专攻语言文化研究，另一个专攻翻译。最后一个就是桑迪所在的专业，全部由其他民族学生组成。系里经常会组织一些活动，让她们专业的学生与另外两个专业的学生进行正式或非正式的交流。

"我们彼此都认识，我在系里交了几个朋友。我认为这是一种很好的学习方式。我不仅可以学习语言和文化，还可以了解其他人的思维方式。"

我还想对这种机制了解更多，于是就问桑迪是否认识藏语和哈萨克语专业的学生。她说这两个专业她分别有一个认识的同学，并主动提出可以把他们介绍给我认识。那天晚些时候，通过她的牵线搭桥，我与这两个人分别取得了联系，并约好在接下来的几天内见面。

其中一个是爱丽丝（Alice），她来自东北的黑龙江省，是汉族人，正在学习藏语。我们刚认识时，她在上大二的第一个学期，比桑迪低一年级。她的故事与桑迪有点儿相似。爱丽丝的英语说得很好，但根据高考总成绩，她唯一能选择的专业是藏语。大一结束时，她们班的20名同学中有5个人改了专业，但爱丽丝没有改。按照原计划，爱丽丝2020年秋季学期应该在西藏度过，但新冠肺炎疫情的暴发使之前的许多计划化成了泡影。

"去年夏天，我和我的同学都在西藏待了一个月。我们是和老师一起去的，在那遇到的每个人都非常友好，很愿意帮助别人。我们一直都住在一家旅馆里，但如果春天再去西藏，我们就会分别住在几个村子里。"

桑迪的同班同学中没有一个是维吾尔族的，但爱丽丝的班里有两个藏族同学，其他大多数和爱丽丝一样也是汉族人。她解释说："我的两个藏族同学都会说藏语，但他们不会写藏字，所以他们在我们班。"爱丽丝大部分时间和同学们在一起，她还参加了每个星期五晚上在校园广场上举办的藏族舞蹈晚会。她的藏族室友的英语掌握得不是很好，所以她帮室友学英语，室友帮她学藏语。与桑迪一样，爱丽丝喜欢自己的专业，她主要学习藏族历史、语言和文化。

桑迪向我介绍的另一个同学是凯瑟琳（Katherine），和爱丽丝一样，凯瑟琳也是大二学生，她是满族人，来自东北的吉林省，她的专业是哈萨克语言文学。她说："我从小时候起就一直想为我的国家做点事儿。当了解到'一带一路'倡议时，我觉得机会来了。'一带一路'这一理念是习近平主席在哈萨克斯坦首次提出的，所以学习哈萨克语对我来说似乎是个不错的选择。"为此，她拒绝了父母要她选择经济学专业的提议。

凯瑟琳和她的同学的实习经历要比桑迪和爱丽丝的参与度更强。她的 18 名同学中有两位是哈萨克族人，但他们不会说自己民族的语言。大一结束之后的暑假，凯瑟琳和同学们在新疆的一个哈萨克族村子待了一个月。她很喜欢这段经历，说自己学到了很多东西。"我寄宿的那个哈萨克族家庭人很多，包括父母、四个孩子、祖父、姑姑和叔叔。每个人都很友好，吃的也很棒。他们带我去了很多不同的地方。我们聊了很多，这让我对他们的文化有了进一步了解。"

除了彼此相互了解外，这个家庭还和凯瑟琳建立了"私人感情"。"他们对待我就像对待自己的女儿一样。他们有一个儿子，一家人跟我开玩笑说，让我做他的妻子。事实上他们还真的把我一位同学介绍给了一个当地男孩。我辅导他们的孩子学习，甚至还去了当地的小学，教那里的学生们中文。"

回到学校后，凯瑟琳所在的哈萨克语言文学系还组织过一次长城游览，由一位退休的哈萨克族教师带队。凯瑟琳不仅喜欢这次旅游，而且还非常感激这位老师："他像朋友一样，把我介绍给其他老师。"

凯瑟琳急切盼望着自己大三学年的到来，那时，她和同学们就可以去哈萨克斯坦，在那里的一所大学学习两个学期。她的理想是为祖国、为"一带一路"倡议作贡献，她希望能为实现这个理想往前迈出更大的一步。"我想尝试一些新事物，一些与众不同的事。或许我可以成为某个外交官的翻译，或许我也可以成为一名外交官。"

听了桑迪、爱丽丝和凯瑟琳的故事，我对中央民族大学校训"美美与共，知行合一"的含义有了更深的理解。从 2007 年到 2021 年，我已经在这所了不起的大学工作了 15 年。

中央民族大学之歌

我在中国中央民族大学教英语，
哦，多美的风光，多彩又明亮，
这就是民大的气象！

学生们来自五湖四海，来自各个民族。
他们互相学习，对自己的文化深以为傲。
齐心协力，共建友谊。

他们代表着国家的未来，
民族团结的中国会更加富强。
多元的文化为他们的未来增添色彩，
各有不同，美美与共。

如果你想去参观这个好学校。
那就赶紧来吧，让我来当你的向导。
你会看到中国的未来，就在你的眼前。
各族人民携手同行，肩并着肩。

11 提高英语标识正确度

继 2008 年举办夏季奥运会之后，北京又将在 2022 年举办冬季奥运会。届时，河北省张家口市将承办冬奥会的许多比赛项目，而主要项目将在北京市北部的延庆区进行。

我参加了许多与冬奥会筹备工作相关的活动。自 2017 年起，我同一帮母语是英语的外国人与北京外事办合作，以实现北京市政府提出的"提高英语标识正确度"的目标。与其说"提高"，不如说"使之趋于完美"。以下是我们碰到的一些有问题的标识牌示例：

"Slide carefully"（小心滑行）或"Beware of landslide"（小心山体滑坡），实际上是要提醒人们卫生间的地面湿滑，请小心。"No bring your own food and beverage shop"（不要自带食品和饮料店）是出现在餐厅门口的提示语，本意是不许自带食物和饮料进餐厅。"Live life to drugs"（以毒品生活），本意是警示人们远离毒品。

多年来，我一直在收集这些"奇怪"的英文翻译——有的只是拼写错误，有的错误读起来让人忍俊不禁，还有的让人不知所云。我的手机上存了很多这样的照片，我经常会向别人展示这些照片，而有的人也会向我展示自己手里存的这类照片，这种错误真的不占少数。

北京外事办会把地铁站或其他场馆的英文标识通过邮件发给我，然后我将其中的错误修改过来。这项工作一般是在标识还没有被正式贴出来时做的。有时，我还要和外事办的工作人员一起前往北京的某个地方，对已安装好的标识牌上的英文内容进行检查。

2019 年 8 月 27 日，我加入了一个由五六个北京外事办工作人员和约 20 个北京市人大代表（这些人大代表都来自同一个小组委员会，该委员会的职责是对那些与外国人和少数民族群体合作的政府部门进行监督）组成的检查团，前往位于北京市郊的延庆区，对当地将要使用的英语标识的正确度进行评估。首先，我们来到延庆区的奥运场馆，参观展厅和在建的跑道，之后前往一家宾馆进行一个会议，延庆区政府的十四五名官员正在那里等候着我们。会议现场约有 40 名中国官员，而我是唯一的外国人。第一次遇到这样的场面，我惊呆了。40名政府官员聚集一堂，唯一的目的就是检查标识牌上英文的对错，足以说明他们对此事的重视和谨慎。

会议一开始，延庆区政府领导致欢迎辞，向到场的来宾表示问候。接下来是一系列报告。每份报告都做得非常详细，现场有精彩的PPT演示。第一位作报告的发言者谈的是奥运场馆标识和赛事宣传方面当前的准备以及未来的计划。第二位发言者针对延庆区的准备情况和工作计划作了汇报。第三位针对八达岭长城的准备情况和工作计划作了汇报。比赛场馆距离八达岭长城很近，冬季奥运会举办期间将有大量的人涌到这里，包括运动员、官员、记者和体育爱好者等。之后，其他代表也发表了意见。

虽然之前没有通知我要在会上发表意见，但我认为这正是我来这里的原因，况且我的确有话想说。我首先表达了自己的感受，一路上所看到的一切给我留下了深刻的印象。另外，我认为当前的准备工作中仍有很多可提升和改善的空间。我还说："我在中国已经生活了很长时间，我坚信，我们一定能够在规定的时间内实现既定目标。"然后，我又提出了以下一些具体的建议：

第一，有一些不起眼的标识需要改善，比如去活动中心的山路旁有一些路标，上面的内容让人看了感觉一头雾水。

第二，展览中心内外的标识中，汉语句子往往很长，蕴含的思想也太复杂。在中文标识里这样做可能没问题，但在英文标识里，我们需要尽量做到简单明了。在文学中，我们喜欢用一个接一个的形容词，但如果你想告诉别人如何到达酒店或停车区，就不需要这些形容词了。因此，在许多情况下，我们所需要的不是冗长的陈述，而是一目了然的指引。

第三，我们应该最大范围地使用国际标识和符号，这一点非常重要。

第四，我认为不同英语国家所使用的英语词汇不尽相同，我建议组成一个以英语为母语的外国人小组，小组中应包括美国人、英国人和澳大利亚人，大家聚在一起，对所使用的英语标识进行检查，并就所用词汇达成共识。这项工作应该在制作实物标识之前完成。

我发言之后，孙洁拿起麦克风补充说，与2008年夏季奥运会期间的情况一样，届时将会有很多志愿者，但我们的目标还是尽一切可能

检查英文标识的翻译情况（2019 年）

方便运动员和观众，使他们能够在不需要别人帮助的情况下进出自如。

最后一位发言者是北京市人大代表的一位领导。谈到长城，他说："这是北京最重要的旅游景点，所以有必要把标识做得更好。"他补充道："地方政府也制定了英语标识方面的相关标准。奥运会的筹备工作目前进展顺利，但需要百尺竿头更进一步，人大代表必须鼎力相助，使这些英语标识合乎标准。只要我们集中精力、全力以赴，最后一定会做到的。"最后，他表示希望组委会认真考虑我的意见和建议。我期待着看到我们这些想法能够付诸实施，期待着将来有一天能够重返延庆，看到我们的努力开花结果。

讨论北京冬奥会英文标识的翻译问题（2019 年）

从长城上鸟瞰（2013 年）

12 "你会说英语吗？"

"那是 2008 年，北京奥运会开幕前的几个月，奥运火炬回到了北京。在世界的某些地区，一些人抗议并试图阻止火炬在沿途传递。我在西方媒体上读到许多有关中国的负面报道。是的，中国的确存在许多问题，但也有许多好的方面，可西方媒体对好的方面鲜有报道。"

"我看到马克在写关于中国的歌曲。他实话实说，通过音乐，他描述了比西方报道更为真实的中国生活的画面。这里的中国人和外国人都喜欢他的音乐和他所传达的信息。我认为他完全可以成为中西方友谊的大使，我想在这方面帮助他。所以我决定做他的经纪人，让更多的人了解真实的中国。"

说这些话的人叫傅涵，从 2007 年春天起，也就是我搬到北京前不久，她就已成为我在中国无话不谈的好朋友……实际上，她是我在这个世界上最亲密的朋友。在我看来，她是世界上最勤奋、最有创造力、最有趣的人之一。我来北京后的生活与她息息相关，讲述我的故事却不提到她是不可能的。

她和我经常会被问起我们是如何认识的。这要从 2007 年 3 月底的一天说起。那天早上不到 8 点，我来到中央民族大学的校园准备参加面试。离面试开始还有一点时间，我想先找到我要住的地方。学校国际合作处原本负责和我联络的凯文（Kevin）恰巧不在北京，于是我只好自己摸索路线。我决定找一个能说英语的路人帮忙。

"打扰一下，你会说英语吗？"我问一个路过的中国女孩。

"会一点吧。"她有点犹豫地回答。

"你能帮我一下吗？我在找国际合作处，它在正门附近某一个楼的六层。"

"我们先在周围找找吧，我想我知道它在哪儿。"她回答道。

走了几分钟后，她指着一栋楼说："我想这儿就是。"面前的这栋楼上有一个大牌子，上面写着"国际教育学院"。

"名字好像和我要找的并不完全一样，但我不知道还有什么别的地方可去了，谢谢。我是来工作面试的，也许将来我会在这里教书。我叫马克。"

"我叫傅涵，祝你面试好运！这是我的电话号码，有什么其他事儿需要我帮忙，你可以打电话给我。"

与她分别之后，我上了六楼，走出电梯，开始找 602 房间。我顺着走廊望去，看见房间门外挂着晾晒的衣服，都是女人的衣服！突然，两个女孩朝我走来。

"你好，你需要帮助吗？"一个女孩对我说。

"是的，我在找 602 房间。我想我要住在这儿。"

"你不可能住这儿，"另一女孩说，"这儿是研究生女生宿舍！"

我谢了她们，然后赶快走回电梯，身后是她们低声的嬉笑。

虽然走错了楼，但这却不失为一个有趣的故事。我最终找到了我要找的楼，完成了面试，还在另外一所大学也进行了面试。那天晚上，我收到傅涵的一条短信，问我面试进行得怎么样。我回短信说，两个面试进行得都很顺利，我现在要决定接受哪个学校的工作邀请。我还告诉她女生宿舍的事，同时也感谢了她的帮助。

第二天早上，我醒得很早，意识到回淮安的火车还有 14 个小时才发车，也就是说我还有时间在北京游览一番，但我需要先找个导游。因为我有傅涵的电话号码，她看上去也很友好，这样我就给她发了一条短信，请她带我四处逛逛。她立即回了短信，说她上午 10 点有事，但我们可以在那之前先见个面，吃早餐，先短暂游逛一下。然后在她办完事后再见面，多看一些景点。

早餐时我们在附近的一家餐馆简单吃了点儿面条。其间，傅涵告诉我她在大学里学的是音乐专业，主修乐器。她 10 点钟要给别人上钢琴课。她告诉我自己专门教小孩子，并且开发了一套同时教孩子钢琴和英语的方法。

早餐后，我们步行去了万寿寺，去这个景点走路约 15 分钟。当时去万寿寺旅游的人还不是很多，但后来它成了一个重要的旅游景点。傅涵和我在她钢琴课结束后又见了面，我们去了位于北京市中心的天安门广场和故宫。这两个地方我以前都听说过，但百闻不如一见，你只有身临其境才可能理解它们是何等的宏伟壮观。

整个游览过程中我们一直在交谈。我得知她来自中国中部的湖北

马克第一次来北京时在天安门前的留影（2007 年）

省。她除了弹钢琴，还拉二胡。她与中央民族大学没什么关系，当时只是穿过校园去对面她住的公寓。

我第一次领略了北京的韵味，但更为重要的是，我现在在这里有了一个好朋友。

傅涵毕业几年之后，在她父母的鼓励下，又有了极大的学习动力。秋季学期开课时，她决定重返校园学习。深思熟虑之后，在各种不同的领域中，她最终选择了策划专业研究生课程。

当我还在淮安的时候，就写了自己的第一首歌《淮安的未来充满希望》。搬到北京后，我对中国和中国人民有了更多的体验和认识，便写下了更多歌曲。我很喜欢以这种方式向人们分享我的感受。我希望无论是中国人还是外国人，都能听到我的故事，通过我的眼睛看中国。傅涵和我谈过这些，她也关注西方媒体对中国的报道。她参加了一个艺术经纪人的培训课程，希望以后能做我的经纪人，我们讨论了这个问题，一致认为，这可以使我们实现两人共同的目标。

2008年，四川省汶川县发生大地震。地震带来了巨大的生命和财产损失，不仅如此，地震之后的救灾工作也困难重重。我在美国加州也曾经历过地震，1980年加州洛马普瑞塔（Loma Prieta）地震后，我花了大量时间在救灾工作上。汶川地震发生在2008年5月12日，当天下午下课后，我回到公寓，写下了《地震，地震》这首歌。在完成艺术经纪人培训课程后，所有刚获得经纪人资格的毕业生决定组织一次公演，每位经纪人带着自己代理的艺人来参加。由于地震刚发生不久，我和傅涵一致决定在这次活动上唱《地震，地震》这首歌。

地震，地震

（献给汶川地震遇难者和幸存者）

汶川地震，八级地动。
五月十二，永远铭记。
这场天灾令人难以置信，
七万人失去宝贵生命。

印度板块与亚欧板块相互碰撞，
大地顺势崩裂，生命无辜凋零。
你看那现场的照片，幸存者难以自抑，
为身边的逝者流下了热泪。

地震，地震，你为什么要来？
地震，地震，看看你都做了什么？
但我们绝不会因此一蹶不振，
你休想战胜我们。

我们有希望，我们有梦想，
你休想在 2008 年阻止我们前行。

房屋倒塌，学校已成断壁残垣，
人们被困，等待救援的来临。
数万名学生被困于昔日的教室之下，
厄运就这样突如其来，降临到他们身上。

道路堵塞，车辆和行人无法正常通行，
就连通讯信号也被阻断了。
但人们还是坚持不懈，
他们暂时放下悲伤，争分夺秒投入救援。

　　写自己的歌，唱自己的歌，对我来说很重要。用英语唱歌对讲英语的外国人和懂英语的中国人来说没什么问题，但我还需要学习一些中文歌曲，以便与不会说英语的中国人交流。另外，出于宣传的需要，我还要与各色各样的人打交道。傅涵在以上每一个方面都扮演着非常重要的角色。

　　她是我的头号批评家。许多中国年轻人不愿批评他们的长辈，但傅涵不管那么多，她会直截了当地跟我说"唱得很没趣，要有感情。""别跑调。"或者在我唱中文歌曲时突然说"发音要清晰！"她会四处寻找演出机会，不遗余力地帮我上节目。

　　2009 年，湖南省西北部美丽的风景区张家界要举办一个音乐节。傅涵得知这个两年一度的音乐节将在春季举行时，她与活动的组织者取得了联系，希望能够让我参加演出，他们告诉她，有 20 多个国家的数百名音乐家将参加此次音乐节，现在不能再增加其他人了，报名为时已晚。但傅涵仍然锲而不舍："你们必须让马克力文参加！他是一个美国人，自己创作并演唱关于中国的歌曲。他与众不同，是中美之间的文化交流使者。"最终，组织方还是让步了，邀请我参加音乐节。

马克与苗族表演者（2011 年）

除此之外，他们非常钦佩傅涵的那股韧劲儿，并请她来帮助组织这次活动。后来，在开始准备 2011 年音乐节之前，他们就主动打电话给她，希望她可以尽早参与到活动的组织工作中。

在为这次音乐节做准备时，我觉得自己的吉他不是很好用。我跟傅涵说我想买一把更好的，她拦住我说："我给你弄一把好吉他。"她去了几家乐器商店，其中一家店愿意将一把很棒的吉他借给我参加即将到来的演出。几周后，当我把那把吉他还给商店时，她说："现在我得给你弄一把专属于你的吉他，这些乐器店都太小了，不能免费送你吉他，我去吉他生产厂试试。"打定主意后，傅涵四处出击，很快说服了中国最老的一家吉他厂，厂家答应送我一把吉他，他们专门为我定做了一把，上面印有我的照片。大约一年后，傅涵碰见了另一家吉他厂的人，他们也送了我一把吉他，后来又送了第二把，上面刻有我的中文名字。傅涵的这些努力让我以后再也不用四处借吉他了。

张家界国际乡村音乐周主办方制作
的马克的卡通头像（2011 年）

马克在张家界黄龙洞（2011 年）

马克在张家界买板栗（2011 年）

马克在张家界土家风情园（2011 年）

唱响我的中国故事

马克在张家界（2011 年）

马克在张家界国际乡村音乐周上接受市长特别颁发的奖项（2011 年）

马克与来自沙特阿拉伯的表演者（2011 年）

　　在过去的一些年里，各种大大小小的媒体对我进行采访，还拍过关于我的纪录片。这些采访通常都是由傅涵来安排的，同时她还帮助导演或采访记者策划节目。他们对她都很满意，不仅因为她为他们的工作提供了帮助，更重要的是她可以保证极佳的工作质量。

2011 年初，傅涵接到中央电视台高级新闻编辑韩斌的电话，他说中央电视台正在制作一档五分钟的节目，介绍一位美国人在北京的生活，该档节目将在胡锦涛主席访问美国期间播出。我的名字出现在备选名单上，他想确认我是否还在北京。得到肯定答复后，他说："一周内我们会告诉你马克是否入选了。"

几天后，央视一位记者打电话给傅涵，通知我被节目选中了。节目拍摄结束后，这位记者告诉我们，中央电视台将在胡主席抵达美国当天播出该节目，节目片段也将在前一天的晚间新闻上播出。

他们还请我上新闻直播间节目，并让我带上吉他，现场演唱一首歌，歌曲由我自己来定。大家绞尽脑汁，考虑我应该唱哪首歌，最后一致同意傅涵的建议——《敢问路在何方》，这是电视连续剧《西游记》的主题歌。这次节目的重点是宣传胡主席正在进行的西方之旅，所以这首歌与主题是契合的。

傅涵撰写了许多新闻稿、报刊文章和博客文章。她在国家外国专家局（SAFEA）主办的《国际人才交流》杂志上发表了两篇文章专门介绍我的故事。该杂志的高级编辑梁伯枢一再鼓励她多写几篇这样的文章。

2011 年，中央电视台英语节目《海客谈》（Crossover）的工作人员联系了傅涵。该档节目的形式是这样的，一位中国主持人和两位嘉宾（有时候是两位外国嘉宾，有时候是一位中国嘉宾和一位外国嘉宾围坐在一张圆桌旁，对某一个指定话题进行讨论，节目时长 30 分钟。节目组的人得知傅涵会拉二胡，而且英语说得很好，希望她来上节目，谈谈中国的传统乐器。她的答复是："我只会和马克力文一起去。"她向节目组的人介绍了更多有关我的情况，他们同意让我一起上节目。

虽然节目策划不是傅涵的工作职责，但她知道自己想要在节目里展示什么，所以她主动帮制作人设计起节目来，包括乐器的选择、节目的流程、对话的内容、用来展示乐器的歌曲等。节目主持人季小军感慨道："这些创意简直太棒了。我会永远记住这期节目的。"果然，两年后，当我再次来到演播室参加另一档节目的录制时，季小军又说起我们那次关于乐器的节目。

每一次活动中，傅涵还充当我的翻译。有一次，我们和我们的朋友，中国女演员方青卓一起参加一个婚礼，方女士的母亲不断地帮傅

马克和傅涵在《海客谈》节目中与主持人季小军讨论中国传统乐器（2011 年）

涵夹菜。看到傅涵嘴里还在吃着东西，方女士拦住妈妈，说："您没看见傅涵嘴里已经塞满了吗？"而她的母亲回答："我年轻的时候是一名俄语翻译。当别人说话时，你要竖着耳朵听着，当别人吃饭时，你又要说话，因此你没什么时间吃东西。所以，做翻译的，有机会吃的时候一定要狼吞虎咽，能吃多少就吃多少！"

13 "5号！5号！"

"5号！5号！"在2009年中央电视台《星光大道》节目的拍摄现场，我的粉丝们在欢呼着为我投票。

马克参加《星光大道》比赛时佩戴的号码牌（2009年）

中央电视台有十几个不同的频道，每个频道都有各自明确界定的节目范围，而CCTV3主打的是娱乐节目，节目中包含大量的歌舞。《星光大道》是CCTV3的一档节目，在中国家喻户晓。这档节目自2004年开始播出，每周都有比赛，胜出者可以参加月度复赛，然后进入年度总决赛。获胜者会一夜成名，甚至未获胜者也会出名。每周的比赛中有5位参赛者，每位参赛者各自展示4种不同类型的表演。

1号参赛者率先登场，表演结束后，主持人会以幽默的方式对其进行采访。随后是2号参赛者出场，重复上面的程序。有时中间会穿插主持人与坐在观众席上的参赛者的家人朋友们进行互动的环节，有时还有额外的即兴表演。在5个参赛者完成一轮表演后，坐在嘉宾席上的评委会对每个参赛者逐一进行点评。评委中有一些是往期《星光大道》的获胜者，还有一些是当红歌手、演员和词曲作者等。

《星光大道》在中国很受欢迎，原因之一是该节目的参赛者都是一些"普通人"。他们是农民、工人、学生，这些人相信自己有天赋，他们梦想着将自己的天赋展现给大家，或有朝一日成为明星。《星光大道》只是中国众多才艺表演类节目中的一个，但其获胜者有机会登上央视春晚的大舞台。

2009年初，我听说过《星光大道》，当时傅涵跟我说她在找如何报名参赛的信息，我没太留意，但几周后她告诉我说第二天去节目组试试。她向我解释了比赛的规则，并告诉我该做什么。她还告诉我要带什么——我的吉他、中阮（中国传统的四弦弹拨乐器）和空竹（也叫扯铃，是一种中式悠悠球）。我对后两个项目提出了一些异议，因为我这两项技能水平相当有限。但傅涵坚持要我把这三件东西都带上，她说我需要展示四种不同的才艺，而不能只弹吉他和唱歌。此外，她说虽然我的能力有限，但这些都是中国的东西，我比大多数中国人玩得都好，更不用说大多数外国人了。

第二天早上见了面，我们把所有东西都装进出租车里，然后前往中央电视台主楼。到达主楼后，我们上了停在楼前的摆渡车，这些大巴车往返于主楼与位于北京市郊的中央电视台另一演播大厅之间，接送前来报名的参赛者。我们下车时，已有十几辆大巴停在那里。我不知道当时共有多少报名者，但是往返接送的大巴车从早到晚忙了整整两天。

演播厅外人头攒动，看到此景，傅涵和我赶紧冲进楼里，希望能赶在越来越多的人到来之前报上名。我以前从来没看过这档节目，傅涵奋笔疾书地用中文填写着报名表。我嘴里反复嘟囔着："中阮和空竹我都表演不了，我水平不行。""冷静点儿。你没看过这个节目，你怎么知道不行。这个机会很重要，一定没问题的。"她说。

我们在工作人员的引导下穿过走廊，在众多试镜室中找到了自己的那间。每个试镜室里都有一名《星光大道》的导演、一台摄像机和一名摄像师，还有其他几个工作人员以及一排等着试镜的报名选手。我们走进试镜室，我排在第八位。我见到的每个选手都是中国人，但这个节目也来过一些外国人，比如来自尼日利亚的郝歌（Uwechue

Emmanuel）和好弟（Steven）、塞拉利昂的玛丽亚（Maliya）、乌克兰的吉米（Dmitry Kovalev）等。通过《星光大道》，他们已成为中国家喻户晓的名人。2012 年，中国主要的英文报纸《中国日报》刊登了一篇介绍该节目的文章，文章中写道，外国人在节目上受到普遍欢迎，但对他们的评分标准是与中国人一样的。然而，上面提到的外国参赛者都会说中文，而我不会。

我看着一个个选手上场表演。前面的 7 个人都在各自的第一场才艺表演进行到 60 到 90 秒时被叫停。导演做了一些点评，然后他们就被淘汰了。我在想："哇，这比赛真是够残酷的，他们甚至没机会展示剩下的才艺。看来我也难逃厄运啊。"

该我上场了。我已经打定主意，如果我能出现在该节目上，我的目标之一是唱一首自己写的歌。第一轮才艺表演名为"我的家乡"，因为我住在北京，所以傅涵建议我唱《北京风》，这是我自己写的一首歌。歌曲开始部分的合唱和第一段歌词刚唱完，导演兼制片人汪洋打断了我，开始用中文和我说着什么。傅涵在一旁自我介绍说她是我的经纪人，并解释说我不会说中文。这时我才知道，上节目的每个人都要说中文，无论是中国人还是外国人。

我心想："和刚才那几个人一样，我也要被淘汰了。"但傅涵让我拿出中阮，演唱下一首歌《你是我的阳光》。中阮的声音听起来有点像班卓琴，来中国之前我在美国见过这种乐器，2006 年我买了一把，还学了两节课。后来事务缠身，我就没继续上课，但我平时一直在练。我用左手压弦、右手弹拨，更像是在弹吉他。《你是我的阳光》演奏了不到一分钟，汪洋又打断了我。我心想："坏了，这次我真的要完了。"但我又错了，傅涵告诉我去拿我的空竹。要抖好空竹实际上需要比这拥挤的试镜室更大的空间，但我这次玩得还不错，足以引起汪洋的兴趣。三项才艺都展示完了，而我仍然在这里！在与导演短暂交谈之后，傅涵告诉我："你要唱一首中文歌曲。"我唱了《我爱北京天安门》，这是我学的第一首中文歌曲。

四段简短的才艺表演后，傅涵和导演进行了最后的交流。虽然我比之前看到的其他选手走得更远些，但我仍然不算过关，然而我也没有被立马淘汰。汪洋说，节目组大约一周后做出最终决定，并将结果通知傅涵。我完成的所有表演都不够好，这种水平上节目很难。

所以，如果最后过关了，我仍需要练空竹、练中阮，还需要学更多中国歌曲。

大约一周后，傅涵接到汪洋的电话，说节目组对我很感兴趣，但觉得我的水平还有待提高。她让我再好好准备准备，准备好了后可以联系她，再试一次镜。如果那时我的水平可以，他们会安排我上节目。

接下来的几个月我是在忙碌中度过的，争分夺秒地准备着重新试镜，而傅涵则忙着与汪洋来来回回地沟通。有一次，方青卓邀请我去一家北京烤鸭店吃饭。除了方女士以外，在场的还有六七位事业有成的中年女性，包括我们吃饭的这家连锁餐厅的老板娘。她们邀请我唱歌，虽然她们喜欢我唱的所有歌，但当我唱起《我爱北京天安门》时，所有女士都站起来，翩翩起舞。方女士说："谢谢你，把我们重新带回了童年。"后来，汪洋同意我们选择这首歌作为开场歌曲，并说我唱歌的时候，中央电视台会请一群小学女生在我身后伴舞。

中国参赛者可以选择唱一首英文歌曲，而像我这样以英语为母语的老外没得选，必须用中文唱歌，或者至少每首歌中都要有一些中文。我告诉汪洋，我还想唱一首自己写的歌，名字叫《我可爱的亚洲双眸》。她同意了，但要求我把歌词翻译成中文。我联系了文森特，他是我在中央民族大学任教第一年时教的一名硕士研究生。他的英语很好，当时研究的是民间传说。他很喜欢我的音乐，请他帮忙翻译最合适了。文森特答应了。通常我请人翻译一首歌时，对方交给我的歌词达不到能直接拿来唱的水平，而文森特熟谙民间诗歌，他翻译的歌词像一首诗那样朗朗上口。收到歌词后，我便开始抓紧练习。

《星光大道》既是一个才艺大比拼的舞台，也是一档娱乐节目。作为参赛选手，我们想不遗余力地展示自己的才艺，但这个节目不光是个人的舞台，我们还要带动观众共享娱乐。听我唱完这首歌，汪洋认为我的演唱和吉他演奏不够刺激，不够活泼。"这是中国国家电视台，一个大舞台。舞台上的表演一定要搞得热闹。"她说。她给了傅涵两个选择，一是她可以找一个乐队和我一起演出；二是我们可以找三个中国女歌手在后面伴唱。

我觉得第二个选项更好，因为我脑海中浮现出摩城（Motown）

伴唱歌手的形象，感觉十分熟悉。傅涵找到了三位年轻的中国女歌手。虽然三人共有一个经纪人，但她们从未在一起演唱过，也不会说英语。我们见了几次面，我教她们用英语唱这首歌，并一起进行了排练。第一次排练后，我们更换了一名歌手，第二次排练后，我们又更换了一名歌手。这种情况可不大妙，但不管怎么样，我们还是把这首歌唱下来了。

🎵 我可爱的亚洲双眸

就像月亮照亮夜空，
我对你的爱毫无保留。
我会答应你的每个请求，
我可爱的亚洲双眸。

相遇的那一秒，我就为你沦陷。
在你我与日俱增的感情面前，
片刻都不舍与你分离。
这已无需讶异，
我的爱，动人的亚洲双眸。

就像月亮照亮夜空，
我对你的爱毫无保留。
我会答应你的每个请求，
我可爱的亚洲双眸。

我知道，你不会陪我到永远，
像天边的鸟儿总向往着自由。
但我心中的那份挚爱，永不会变。
动人的亚洲双眸，我的爱。

马克在北京紫竹院公园练习抖空竹（2012 年）

我是在 2006 年初开始练空竹的。有一天清晨，我看见一群退休的大妈大爷在公园里玩空竹，我试了一下，并决定自己也要学。

　　第二天早上，我又来到公园，从其中的一位玩家手里买了个空竹，后来，每周清晨我都会来这里。我学会了如何让空竹旋转，还会玩儿一两个非常简单的技巧。这足以吸引中国人的眼球，这里很少有人见过老外玩这种中国传统的玩意儿。

　　但我当时抖空竹的技巧太过简单，水平还达不到上电视表演的程度。因此，我必须努力提高自己。我知道自己需要更多的练习，同时需要一个老师。我去了紫竹院公园，看到那里有 30 多个退休老大爷在两小块相邻的场地里抖着空竹。我把这事告诉了傅涵，然后我们一起来到公园，看看是否能找个人教我。那里的几位老人都说愿意帮我，我们最终请了刘先生。他退休前曾是中国军队里的厨师，现在在一家餐馆做兼职。同时我也得到了另一位玩家的帮助，这位玩家退休前曾担任过中央电视台第三频道的制片人，他还不吝赐教，给了我许多有关如何设计节目的建议。

　　暑假期间，我在中国人民大学暑期学习班做兼职教师。整个 7 月里，我每周有四天，早上大约 7 点就来到中国人民大学，这比上课时间早 60 分钟。到校园后，我就直奔运动场，开始自己的空竹练习。其余的三天中至少有两天去紫竹院公园向我的老师学习抖空竹。我到达公园的时间一般在 5：30 至 6：30 之间，通常不是第一个就是第二个到的。公园里其他许多人也来帮助我练习，直至上午 9 点或 9：30 结束。7 月底，我在中国人民大学的授课结束后，把自己在公园的练习时间调整到每周 4 至 6 天。

♪♫ 空竹 ────────────────────────────

　　把空竹抛向空中，我看它转个不停，
　　我尽力去接住它，不让它摔落地面。
　　空竹的呼呼声啊，真令我兴奋，

我的技术算不上好，但这不能减少我的热情。

随便去个中国公园转转，都有不少东西值得一看。
有人爱去公园，但不是为了赏花或赏草。
玩耍锻炼两不误，耍宝花样层出不穷。
我算见多识广，可最喜欢的还是空竹这玩意儿。

空竹又叫飞天顶，过去只用竹子制，
如今塑料也能做，想要啥样你都有。
转起我的小空竹，引来一批围观者，
他们从来没见过，老外能耍这玩意儿。

与此同时，我也在努力练习中阮。汪洋希望我对《你是我的阳光》稍做改动，她让我以中国乐器演奏旋律开始，然后再过渡到这首歌的英语演唱。她还希望更多乐手加入到中国乐器的演奏和英语演唱的伴奏中来。傅涵从小就开始演奏二胡，因此我们决定让她和我一起演出。我最近也开始学古筝（这是一种类似于齐特琴的中国琴），结识了我的古筝老师，所以我请她也加入演出。现在，我们歌曲的第一部分就有了三重奏。汪洋还给了我们尼克里斯（Nicholas）兄弟的联系方式，这哥俩出生在美国，父亲是美国人，母亲是华裔，最近与父母一起移居中国。2005 年，当时还是小孩儿的尼古拉斯（Kristofer）和克里斯托弗（Kristofer）就上了《星光大道》。我们见了他们和他们的父母，并商量让兄弟俩加入这首歌英语演唱和吉他伴奏部分。就像《我可爱的亚洲双眸》这首歌一样，我也需要用中文演唱《你是我的阳光》中的一部分。我在网上找到了这首歌的中文演唱版本，然后学习合唱部分的中文，并与其他音乐伙伴们一起排练。

汪洋设计的抖空竹环节，由我来教尼古拉斯和克里斯托弗哥俩读《三字经》（《三字经》讲的是古代中国人的道德原则，在古代所有学生都要背诵这部三字一行的经典）的前两节开场，然后一群人慢慢汇聚到舞台下方抖空竹，最后我们也一起加入到抖空竹的行列。于是我们又去争取了紫竹院老人们同意配合出演。

有时我忙得焦头烂额，就会问自己："我在做什么？我为什么要这样做？"有时候心里犯嘀咕，感觉自己永远不会成功："我应该放弃！"但转念一想，"放弃？为什么要放弃？我在学习新的东西。我每天都在练习。我在锻炼自己的音乐能力，最重要的是，我认识了许多愿意帮助我的新朋友。"

　　傅涵努力将一切打理得井井有条。公园里的那群空竹表演者和我一起练习，尼克里斯兄弟也准备就绪了。我的朋友方青卓也一直在鼓励我。离拍摄的时间越来越近了，方女士得知自己将应邀作为嘉宾，对选手们的表演进行点评后，她甚至还打算在评委席上把我介绍给在场的观众。

　　正式表演前我们预先完成了一些录音工作。另外，唱完第一首歌之后，我应该与主持人用汉语进行一些简单的对话，而我只会说"你好吗？""多少钱？""我饿了。""我渴了。""对不起。"等一些简单的句子。根据我会的这些汉语，汪洋为主持人设计了一些台上要问的问题，听到问题后，我可以信心满满地回答，而这些煞有介事的回答其实是张冠李戴，以此制造出幽默的效果。

　　开场表演结束后，主持人走上前来，问我的名字叫什么。我装出对自己的中文胸有成竹的样子，一股脑地喊出三组三个字的句子："大家好。你好吗？我饿了。"

　　主持人转向观众，说："这家伙怎么了？我问他的名字，他说他饿了？"

　　他还问了我一些别的问题，而我的回答也一概驴唇不对马嘴。主持人假装恼羞成怒的样子，似乎他也不知道该如何是好。他再次转向观众，方青卓用中文说道："他叫马克力文，是美国人。他是中央民族大学的老师，他真的很喜欢你。"

　　"他喜欢我？真的吗？"

　　方女士继续说道："是的，他告诉我，他认为你真的很帅。"

　　主持人表现出转怒为喜的样子，重复道："我很帅，真的吗？"

　　他回头问我："你认为我很帅是吗？"

　　我回答："太贵了。"

　　他假装出无可奈何的样子，对我说："我问你是不是觉得我很帅，你说太贵了？"

我回答道："没关系。"

"这是什么？一种新式的《三字经》吗？"

现场观众及嘉宾都被这种插科打诨逗得哈哈大笑。方青卓继续说："马克不仅会唱《我爱北京天安门》，他还会唱其他中文歌。"主持人回头问我是否可以再唱一首中文歌。这次，我不再答非所问，而是唱了一首中文歌的第一段。他要求我再唱一首，我又唱了一首。最后，方女士提议我和她一起唱，我在舞台上唱，她在嘉宾席上唱。我们合唱了《康定情歌》的第一段，到这儿，我的第一场才艺表演结束了。

由于我是当天的最后一位参赛者，因此投票在我们对话结束后就立即开始了。我是5号选手，所以，我的粉丝在台下齐声大喊"5号！5号！"而我的竞争对手的粉丝们也在喊着他们支持的选手号码。

投票数据显示在我们身后的大屏幕上。我们几个参赛选手面对观众站成一排，投票结束后，我们转身看投票结果。我是第四名。随着一名年轻的女兵被淘汰出局，我们剩下的4个人进入第二轮比赛。第二轮我展示的才艺是背诵《三字经》加抖空竹，然后我再次顺利晋级。进入第三轮比赛，我演唱了歌曲《你是我的阳光》，获得全场热烈的掌声，并又一次过关。

到了第四轮，也就是最后一轮，台上只剩下我和另一名选手。我是 5 号选手，应该第二个上场。但是，应该另一名选手上场时，他还未换好衣服，因此我先上场。最后一轮投票，我排在第二位。在今天比赛的 5 名选手中，我排名第二！我的竞争对手都是 20 多岁的中国人，他们的才艺表演也是不同的歌舞组合，导演也对他们的表演进行了策划，他们的表现都很出色。实际上，从我的角度来看，我们中的任何人都可能成为冠军。

我的粉丝以及后来在电视上看到我演出的许多人，都对我未能获得冠军而感到遗憾，而我认为我并没有输。虽然没有获得第一名，但我的初衷是在舞台上展示自己，我做到了；我想唱一首自己的歌，我做到了；我想在比赛中走得更远，把自己准备的所有四项才艺都呈现给大家，我也做到了。我对自己的这四场才艺表演都非常满意。

从那时起，我在中央民族大学的同事向别人介绍我时，总会提到我上过《星光大道》。有时对方就会回答："我知道，我在电视上看到过他。"

尽管这次表演已经是十几年前的事了，而且我只在这档每周一次的节目上出现过一次，但这么多年来，无论是在北京、上海、江苏、湖南还是其他地方，无论是在餐馆里还是在大街上，总有人会向我喊"中央电视台"或"星光大道"，甚至喊"5 号！5 号！"

14 在傅家过春节

　　我的生日在 2 月，在我于旧金山度过的 23 个生日里，经常会正巧赶上当地华人庆祝春节的日子。那时我的父母经常会找一家餐厅为我举办生日宴，但如果我的生日和春节恰巧是同一天，那可就麻烦了，从我住的地方到餐厅要花上比平时多 60 至 90 分钟的时间，因为唐人街及其周边地区车水马龙、熙熙攘攘，到处是狂欢的人群。

　　春节是中国的全国性节日，也是最大、最重要的节日，即使有些中国的少数民族有自己本民族的春节，日期与汉族春节不同。春节也是一家人团聚的重要日子。根据政府相关部门的估计，春节期间，中国探亲旅游的数量多达 10 亿人次。就像西方的感恩节或圣诞节一样，爷爷奶奶、爸爸妈妈、叔叔阿姨会给孩子们送上礼物（主要是装满钱的红色信封，称为"红包"），这也类似于犹太人的光明节。每年的这个时候，家里人会对已故亲人进行祭拜，这种特殊的祭拜活动使人联想到墨西哥人过的"亡灵节"。燃放的烟花又让我想起美国 7 月 4 日国庆节的庆祝活动。

　　初到中国的头几年，我没怎么参与过春节的庆祝活动，顶多是到一个学生家里吃顿饭，或者和几个朋友到饭店里聚个餐。而到 2008 年夏天，傅涵和她的父母邀请我第二年 1 月份去她的老家过春节。我二话没说就接受了邀请。在接下来的 6 个月里，我天天盼星星盼月亮，期待着这一天的到来。傅涵的老家在湖北省南部的一个农村，她比我早些离开北京回家，然后我在 2009 年 1 月 22 日出发，乘机飞行两个小时后与她在宜昌会合。随后，我们坐了大约一个半小时的出租车。我从未来过这个地区，尽管我多次坐车途经中国的农村，但从未在乡下停留过。随着出租车在崎岖不平的乡间小路上蜿蜒前行，我望眼欲穿，激动的心情难以自抑。最后一段路实际上并不能称其为路，那只是一条羊肠小道，大部分路段宽度不足以过车。出租车被路边的灌木丛和树枝不停地剐蹭着，直到再也无路可走。我们下了出租车，沿着这条小道又走了 100 米左右后，转向另一条小道下坡。穿过农田和小树林，最终远远望见山脚下我们的目的地——傅家宅院。

傅涵的父亲傅承德第一个走过来向我问候，随后是她的母亲张宏炎。来之前我就听说过他们，他们也知道我。我们好像彼此早已熟悉。她的父母都不会说英语，我的中文词汇量也非常有限。但是有了傅涵的帮助，语言不通并不能妨碍我们彼此沟通和建立牢固的友谊。来之前，傅涵一直在教她妈妈说英语，傅妈妈对我说的第一句话是"Welcome to our home"。后来我才知道，这是她有生以来说的第一句英语，也是她第一次跟一个外国人说话。怡人的环境让我喜不自胜，热情的主人令我宾至如归。

傅家的房子很大，上下两层，房子前面是农田，后面是长满树的小山坡。房顶上养着鸡和鸽子，其中一些成了我们的盘中餐。房子是由傅承德设计和建造的，当时已经建了大约有10年了。傅承德在这片土地上出生和长大，他的许多亲戚住的地方离这里步行只需要几分钟。

这是我第一次住在一个中国人的家中，第一次在中国农村生活，第一次真正地亲身体验什么是春节。我与傅家共度佳节的美好时光由此拉开帷幕。

♫ 在傅家过春节

从北京到宜昌，飞机翱翔两小时。
下了飞机再坐车，一小时后到松滋，
赶了很远的路，终点却还在前方。
车又走了半小时，我终于来到了麻水村，
麻水即是目的地，我的奔波结束了，
我来到这好地方，和傅家老友共度春节。

屋前是江南梯田，层层叠叠，
屋后有大树参天，翠林环绕，
正中央的房子最引人注目。

室外寒气虽甚，屋内温暖如春。
热情的傅家人，真诚地欢迎我来欢度春节。

音乐大师傅承德，气功也是拿手活，
他教会了我许多流行的中国歌，
他的夫人张宏炎，用自给自足的食材来招待，
氛围其乐融融，心情好不愉快。

他们的女儿傅涵，也是我的好朋友，
她帮助我，写了好几首歌，
像她这样的好友，人生不可多得。
我想感谢傅家的款待和好意，
2009 年的春节，我将永远铭记在心里。

从北京到宜昌，飞机翱翔两小时。
下了飞机再坐车，一小时后到松滋，
赶了很远的路，终点却还在前方。
车又走了半小时，我终于到了麻水村，
麻水即是目的地，我的奔波结束了，
我来到这好地方，和傅家老友共度春节。

　　老两口热烈欢迎我之后，便把我送到了为我准备的房间稍作休息。其中一间是卧室，里面有一张漂亮的桌子和几把椅子，都是傅承德设计和制作的。相邻的房间作为我的书房，我可以在深夜或清晨写一些歌曲，记录我此行的所见所闻，还可以为下学期的课程准备些材料。
　　傅涵告诉我，在我来之前，她的母亲担心这里的冬天太寒冷，所以特意为我做了一套崭新的被子。新床单和新被套完美搭配，令人感觉十分温馨。不过，傅家人的热情比这套漂亮的被褥还要温暖，一切都让我感觉暖烘烘的。
　　在我打开行李箱，并将一些衣服挂在柜子里时，张宏炎几次走进屋里，送来各种零食和水果。花生、葵花籽、柚子、橘子、梨、苹果，

大多数水果是从自家种的果树上摘下来的。来中国之前，我听说过柚子，但从未见过，也没有吃过，这是松滋地区的特产。我把所有食物摆在长椅上，希望能在接下来的几天里把它们都"消灭"掉，但事实上，后来我也没什么机会吃掉它们，因为我每天都有吃不完的山珍海味，至少一天三顿。

我们4个人每天的午餐和晚餐通常至少有10道菜，各种鱼类和肉类，有熏的、炸的、炖的、蒸的。还有各种蔬菜和豆制品，大都是自家产的。所有的菜都不会被浪费，因为一顿吃不完，可以放到下一顿加热后接着吃。

第一顿晚餐有两道菜我特别喜欢吃，知道我爱吃，张宏炎每顿饭都做。一道叫鱼糕，一种非常美味的湖北菜，将鱼肉、猪肉和鸡蛋混合在一起，然后上锅蒸熟。另一道叫豆腐乳，这道菜在许多地区都很常见，首先将豆腐切成小块，这些小块儿豆腐会经历为期一周的陈化过程，中间加些辣椒、黑胡椒粉和盐进行调味。豆腐乳具有浓郁的风味，同时又不乏法国奶酪般的质感。

用餐时间的乐趣不仅在于美味的食物，还在于其间谈论的一个又一个话题。这些话题包括我们所吃的食物、美国文化与中国文化或美国节日与中国节日的比较、中国的历史等。有一次，我们聊到正在吃的一种特殊野生蘑菇，这些蘑菇是从房子后面的树林里采的。傅承德首先解释了中国的一个成语"山珍海味"，还解释了这种特殊的蘑菇为什么叫"雁来菌"——随着天气转冷，大雁南回，这种蘑菇也随之出现了。

餐桌上另一个经常出现的话题是傅承德作为气功大师的身份。气功是指在体内积聚和循环"气"或能量的方法。练习气功可以保健、治疗、提高灵性。功夫和太极拳都是气功的一种形式。

傅承德亲手写好了三副对联，表达对来年的美好愿望。一副对联傅家自用，另一副送给第二天来家里的侄女，第三副让我带回去贴在自己家门口。晚饭后，我帮助他和傅涵把对联贴在门口处，右侧上联为"艰苦奋斗筑成富贵宏基惊回首"，左侧下联为"开拓进取描绘美好未来再加油"，横批"繁荣昌盛"。

在我来之前，傅涵告诉爸爸，我对学唱中文歌很感兴趣。傅爸爸是一名自学成才的音乐爱好者，会玩萨克斯管、长笛和二胡，他很爽

傅家大门上的对联（2009 年）

快地答应教我唱中文歌，由他来选定曲目。中文歌曲课从我到米的第二天开始，每天坚持不懈，直至我离开的那一天。每天学习的时间加起来有两三个小时，每天学习一首新歌，有时一天集中学完，有时分两次或多次进行。我在这里学的第一首歌是中国国歌《义勇军进行曲》。通常上课时只有傅承德和我两个人，傅涵的任务是将中文歌词转换成拼音（中文的拉丁字母拼写法），有时她也和我们一起唱，这一点至关重要，因为回到北京后，她可以继续教我。春节过后的几天，村子里的亲戚来家拜年，他们也跟着我们一起唱，一大家子人其乐融融。

除夕团圆饭之前，我与傅承德、傅涵一同穿过房子后面的小树林，到傅承德的父亲、母亲和他的一个兄弟的墓地祭拜。几个圆顶土丘互相挨着。两天前我们也来过这里，那次是为了清除路两旁及墓边丛生的杂草和垃圾。这次来祭拜，我们放了鞭炮，还烧了冥币。

除夕当晚，我们在客厅里摆上桌子，端上 21 道菜、10 碗米饭和 10 双筷子，桌子旁边摆了 10 把椅子。我们只有 4 个人吃饭，多余的

傅承德和亲戚们教马克唱中文歌曲（2009 年）

碗筷和椅子是为已故的先人们准备的，以此"召唤"他们一起来过节。这跟犹太逾越节的家宴差不多——桌子旁摆上一把空椅子，桌子上放一杯酒，以此来迎接先知以利亚（Elijah）的光临。

吃饭之前要先向观音菩萨祈祷并供奉食物。观音菩萨在佛教和道教中是同情、怜悯和爱心的化身。祈祷后，傅承德和张宏炎分别点上三根香，拿到外面，并把这些香插在不同地方，这是在向故去的亲人们道别，并为他们指明回去的道路。张宏炎又烧了一些冥币，夫妻二人还放了一挂至少一千响的鞭炮。

进餐前，撤掉了为故人准备的座位和碗筷，桌子上留下的是我们4 个人的餐具和 21 道美味佳肴。饭菜实在是太多了，让我眼花缭乱。晚餐间，张宏炎问起圣诞节我们一般吃些什么，我告诉他们，美国常见的圣诞节菜单以火鸡为主菜。同时我还告诉他们，美国是个移民国家，圣诞节餐桌上也会有来自全球各个地区花样繁多的特色菜，有的家里整个菜单都是从其他国家全盘移过来的。傅承德感慨道，中国有这么多的民族，春节庆祝方式也不尽相同，而有些少数民族根本就不过春节。吃完饭并收拾完桌子后，我们做了当晚所有中国家庭都在做的事情，即观看中央电视台春节联欢晚会。

外面的鞭炮声时断时续地响了一整天。午夜降临，四下里的鞭炮声突然同时响起。我们赶紧往外跑，点燃了两大盘鞭炮和几盒烟花，一时间整个村子都笼罩在热闹的响声中，天空五彩斑斓。

傅承德正在准备放鞭炮庆祝春节（2009 年）

放完烟花和鞭炮之后，我们的注意力又转移到了吃上，这次是吃饺子。这是我第一次亲手做这种传统美食，不得不承认，即使在饺子下锅煮熟后，我包的饺子也能被一眼认出——露了馅的就是我包的。大约凌晨 2 点，该睡觉了，整个村子进入了梦乡。

大年初二，到了亲戚们开始互相探亲的时间，傅家为此忙得团团转。这一天，傅家迎来了 15 位亲戚，有傅涵的姨妈、舅舅，还有表兄弟姐妹们。第二天又迎来了 18 位亲戚，这次是傅涵的姑姑、叔叔和堂兄弟姐妹们。

吃饭是中国人在日常生活中相当看重的一件事。人们见面打招呼时经常会问"吃饭了吗？"这种"关怀"在春节时变得更为重要。因此，这么多客人来到傅家，需要准备更多的食物。主人通常还要提供多餐，先来者先吃一顿，后来者再吃一顿。

高朋满座还意味着要有不同形式的休闲活动。有的聊天、唱歌（很多人加入了我的中文歌曲课程），有的打羽毛球、乒乓球，还有的玩

春节期间马克与傅家人一起包饺子（2009 年）

马克与傅涵堂兄妹的孩子们在一起（2009 年）

儿扑克牌、照相。当然，也少不了玩麻将，这种中国古老的方块骨牌游戏，曾经也在西方风靡过一阵儿。

客人中有几个幼儿，他们备受众人关注，我被这些孩子亲切地称为"老外爷爷"。与我同龄或比我年龄稍小的亲戚们都很友好，都很好客，也都想和我交流，但他们都不会说英语。所以实际上大多数时间我是和傅涵的堂兄妹或表兄妹们聊天，他们有的上大学，有的上高中，都在学英语，他们的父母很高兴看到有我这样一个老外和这些孩子练口语。经过开始的一阵紧张后，这些孩子都想要和我交谈，为我做翻译，看我需要什么帮助。傅涵很高兴，因为现在终于有其他人可以做我的翻译，她可以休息一下了。

春节就要过去了，几天里一直与傅家一起迎来送往、串亲访友，我的傅家之行也要暂告一段了。我们恋恋不舍、依依惜别。我邀请傅承德和张宏炎有机会来北京做客，他们也欢迎我随时回来。

自那以后，我又多次收到他们的邀请。2010年，我决定接受邀请，重返傅家。而这次我一去就是28天，比第一次待的时间多3倍。第二次来傅家做客的经历与第一次有相似之处，但也有很大不同。首先，这次我以老朋友甚至家庭成员的身份回来，又参加了其他一些活动。

在中国，人们常常会选择在节假日举办婚礼，因为这时候人们有更多的闲暇时间。2010年，傅涵在松滋的一个表妹要嫁给一个来自陕西省省会西安市的小伙儿，小伙儿的家人都在西安老家，所以婚礼要在那里举行。傅涵要和新娘的母亲一起去西安参加婚礼，一走就是8天。也就是说，在这8天里，我要单独在她家和她的父母、一个姑姑以及几个不同年龄的堂兄弟们相处。我汉语会的很少，他们英语会的更少。其间发生过一些令我摸不着头脑的事情，但他们都非常努力地使我在这里待得舒服。我们通过一些肢体语言，或者查字典来沟通。因此，除了有几次需要给傅涵打电话帮助我们沟通外，大家相处得还是十分默契。两个星期后，新娘、新郎以及新娘的家人在松滋举办了婚庆晚宴。我也受邀参加，大家玩得很开心。

在那个其乐融融的喜庆时刻，我唱了几首歌来助兴，新郎新娘也一起引吭高歌。

其次，这次节日期间，傅涵的姑姑和她的家人一起住在了傅家。这些亲戚原来也都是本地人，现在搬到其他地方去了，他们回到松滋是为了纪念傅涵的大伯去世三周年。祭拜仪式是在春节主要活动结束之后进行的，但也值得在这里说一说。

祭拜活动那天一大早，我以前从未见过的六七个人骑着两轮摩托车出现在傅家，他们带来了许多物品。我们一起吃了早餐，然后他们开始工作。

这些人是到这里组织祭拜活动的。张宏炎是佛教徒，丈夫傅承德信奉道教。来这里的六七个人中有几位是傅承德的远亲，其中还包括几个道士。他们在一层的大房间内布置起一座神堂，在室外也搭起了一个较小的神龛。布置完后，仪式开始，道士们开始祈祷、颂唱、敲锣、奏乐，还点了很多香。

道士们忙着祈祷时，其他亲戚也到了，他们进进出出，看着道士们作法事。我也忙着一边看、一边听、一边拍照，而一些人也加入到祈祷的行列。道士们每间隔一段时间就要出去对着外面的小神龛祈祷，然后再回到屋里，香烟四处缭绕。

祭拜活动期间，张宏炎和其他几个人（主要是女性亲戚）忙着在屋外临时厨房的炉子上烧火做饭。午饭准备好后，祭拜活动暂时停了下来。一共摆了五六张餐桌，人们分头坐下来用餐。午饭后，祭拜活

傅涵大伯去世三周年祭祀活动（2010 年）

动继续，祈祷、烧香，然后去傅涵叔叔的墓前继续祈祷。祭拜活动中还包括一个仪式，即向死者送上用纸或纸板制作的各种生活用品的仿制品，目的是使他在另一个世界能过上更舒适的生活。很显然，这些物品也是与时俱进的，近些年增加了洗衣机、手机和电脑等。从这一特殊仪式中，我们可以看到当今中国人是如何看世界的。一方面，人们尊重传统和过去，另一方面也拥抱现代生活和未来。

这次重访，也让我对傅涵的父母有了更深的了解。傅承德是这里土生土长的人，长大后他离开了家乡，曾在许多地方生活过，最后回到邻近的城市松滋。他在电话公司上班，负责交换室的工作。傅涵的母亲张宏炎出生在一个渔村，距此地骑摩托车要两个小时。她在大学学习的是农业，后来在松滋的一所职业学校任教。傅涵的父母是在松滋认识的，那儿也是傅涵的出生地。

傅承德在退休前就开始设计并修建自己的房子。这栋房子的设计和位置遵从风水原则，这源于他对道教的信仰。在大型多功能室的中央，混凝土地面上绘制了传统的阴阳符号。房子还未完工，傅承德就提前退休并搬出了那座城市，妻子随他一起回到农村，成了全职农民。两人辛勤耕耘，日常生活靠自己的退休金和地里种的东西足矣。他们还会将剩余的收成送给亲戚和其他人。两人直言，自己从未感到如此快乐过。

说到自己的快乐，傅承德将其归结于两个原因。一方面，他自己十几岁时经历过艰难时期，那时候大家缺衣少食，每天处于饥饿当中，所以今天富足的生活令他感到很幸福。尽管自己不是共产党员，但他坚定不移地相信没有共产党，就没有新中国。没有毛泽东的领导，中国就不可能取得现在的成就。他也衷心感谢邓小平，他提出了改革开放政策，使中国人民过上了幸福的生活。他相信今天的领导人，相信社会将继续进步，生活会变得越来越好。

另一方面，他选择的生活方式——从城市搬回到乡下，放弃办公室的工作并回家种地——是对自己所说的社会进步最好的注解。傅承德不喜欢城市里浪费资源的生活方式。在乡下，一切都可以派上用场，且可循环使用。他对过度依赖技术的生活并不认同。每当听到某个地方停电，并导致人们的日常生活节奏被打乱时，他就觉得自己的观点得到了印证。除了电动水泵，他还有手动水泵。村里停电时，他就用手动水泵抽水。如果碰上水管冻结了，他就从附近的几个池塘里抽水。

　　傅承德是一个相信社会进步的人，但与此同时，他喜欢过简单的生活。他和他的家人对客人体贴入微，让我在寒冷刺骨的冬日感到了丝丝温暖。

♫ 我心中的乡村音乐故事

有一个乡村音乐的故事，在我的心中生根发芽。
前面是农场，后面是森林。
我漫步其中，美景一览无余，
天气晴朗，阳光明媚，这美丽的中国乡村。

时值初春，节后的天空清澈晴朗。
白天树木成荫，夜晚星光璀璨。
水中有鱼儿嬉戏，气泡浮上水面，
时不时还有鞭炮声传来。

农民们在耕地上劳作，准备新一年的播种。
你看那壮马和水牛，也来出一份力。
他们知道丰沛的雨水能滋润庄稼，
但他们不知道我将这一切看在眼里，也写进了歌里。

第三部分

中西合璧
秀外慧中

15 "秀外慧中"乐队

　　自我来到中国，没有人比傅涵更令我钦佩，也没有人比她更令我感激不尽了。没有她，我就不可能有今天，也不可能取得现在的成就。新中国第一任总理周恩来的侄女周秉德曾经说："傅涵是马克的拐杖。"这个比喻非常准确。女演员方青卓曾说想请傅涵为她工作，但她没有那么做，因为她知道"马克离不开傅涵"。中央民族大学国际合作处主任何克勇曾说："没有傅涵，就不会有今天的马克力文。"还有我的一位美国朋友，也是我的乐迷，哈维·德佐丁（Harvey Dzodin）曾褒奖道："傅涵是马克的大脑。"假如我是一个过度敏感或不诚实的人，那么我可能会对这些有关我依赖傅涵的评价心生芥蒂，但事实并非如此。更何况，我知道这些评价是真实的，能够遇到傅涵是我的幸运。

　　在中国的这些年，尤其是在与词曲创作、唱歌和表演有关的岁月中，傅涵作为我的经纪人，一直扮演着至关重要的角色。由于年龄、成长环境、教育、文化、语言和性别等诸多方面的差异，我们之间一直存在冲突和矛盾，但牢固的友谊、对音乐的共同追求，以及致力于向世界讲述中国故事的共同愿望又使我们不离不弃。

　　我们之间的矛盾之一是，我希望能将我俩的音乐技艺融合在一起，而她总是说："我不想上台，只想当你的经纪人。"2013年，在她父母，尤其是在她父亲的鼓励下，傅涵终于同意和我一起演出了。就这样，我们的乐队"秀外慧中"诞生了。"秀外慧中"这个名字是什么意思呢？"秀"指"美丽"，"外"指"外面"，"慧"指"聪明"，"中"指"里面"。同时，你也可以将"外"理解为外国、外国人，将"中"理解为中国、中国人。

　　乐队成立后不久，我遇到了一位来自美国波士顿的古典音乐作曲家。当时他随夫人一起来到北京，他的夫人要在中央民族大学做一系列讲座。我们进行过简短的交谈，我向傅涵提到他时，她建议我们三人在他离开北京之前共进午餐，这位作曲家欣然应允。交谈中，傅涵解释了"秀外慧中"这个名字的含义，然后她向作曲家问道："您能

帮我们起一个英文名吗？"他脱口而出"In Side Out"。然后，他一
边说着一大串成对的英文单词，一边用手翻着自己衬衫的内外两面：
"中国人、美国人，中文、英文，中国乐器（二胡）、西方乐器（吉
他），女人、男人，年轻的、年长的。就像一件衬衫有两个不同的面，
你们是一支乐队里差异很大的两个人。"我和傅涵异口同声地回答太
好了，并决定采用这个英文名。

　　我们开始排练，反复琢磨如何将两种乐器和音乐风格融合在一起。
还要确定演奏曲目，以及每首歌曲的音乐编排。进行过一些小型演出
之后，我们在2013年9月一起参加了张家界举办的"国际乡村音乐周"。
这是"秀外慧中"乐队首次在大型舞台上演出。

　　张家界位于湖南省，这里聚居着许多少数民族，其中最多的是土
家族，还有白族、苗族等。之前，傅涵和我练习了用土家族方言演唱
一首歌曲，我们计划在此次音乐节上表演这首歌。它的名字叫《马桑
树儿搭灯台》，讲述的是一对年轻恋人的故事。男子要参军打仗，他
告诉心爱的姑娘，不知道自己何时回来，甚至不知道是否还能回来，
让姑娘不要等他了。而姑娘回答说，哪怕他要走50年，她也依然会
在这里等他。这首歌的优美之处在于歌词中使用了两棵树的比喻——
马桑树和灯台树，这两种树从来是生长在一起的，它们永远形影不离
地缠绕在一起。

　　音乐节的主办方和当地主要赞助商（基本上都是土家族人）对我

俩要演唱这首歌感到格外惊喜，主动提出与当地一家服装厂联系，为傅涵制作一套土家族传统服装。本身就是土家族人的傅涵也兴奋不已，因为她从来没穿过自己民族的传统服装。组织者还告诉傅涵，"秀外慧中"将作为开幕式表演的第一组表演嘉宾登场。演出开始前几周，音乐节组委会的一名工作人员与傅涵联系，告诉她："为你制作土家族服装的公司也希望为马克制作一套。"随后，我去了中央民族大学附近的一个蔬菜市场，请那里的小裁缝店老板给我量了尺寸，并让傅涵把尺寸发给了服装厂。我热切期盼着能早日看到并穿上我的土家族服装。演出开始的前一天，我们到达了张家界，服装厂的老板特意跑到我们住处送衣服，并对不合适的地方进行了修改。

傅涵决定请她的父母前来观看她的第一场大型演出。她也曾邀请他们来看我之前的表演，但他们总是以地里农活忙为由婉言谢绝了。然而，这次是傅涵要上台表演，她的母亲同意来了。傅涵让妈妈用平板电脑拍摄演出的照片和视频，傅妈妈以前从未见过平板电脑，更别说使用了，但很快她就学会并喜欢上了用它拍照。观众对我俩的演唱反响非常热烈。表演结束后不久，曾经对上台演出有抵触情绪的傅涵看着我说："我还真有点喜欢在舞台上的感觉了。"

在这之后，我们还在山西、陕西、湖南、云南、北京、上海和内蒙古等地进行了表演。如果愿意的话，我们还会有更多演出的机会。但由于我的教学任务繁重，我们只能选择性地出席。

"秀外慧中"乐队在北京蓝溪酒吧演出（2013 年）

"秀外慧中"乐队在民族大学校园内表演（2014 年）

"秀外慧中"乐队

"秀外慧中"乐队

"秀外慧中"乐队在北京演出（2019 年）

"秀外慧中"乐队在山东省烟台市的一场婚礼上表演（2015 年）

"秀外慧中"乐队在一次颁奖典礼上表演（2015 年）

"秀外慧中"乐队在北京后海银锭桥上表演（2013 年）

"秀外慧中"乐队在北京马奈草地
国际俱乐部的演出海报（2014 年）

16 最具影响力的 17 位毕业生之一

2015 年，我第三次去了傅家，这次不是去过春节，而是参加一次庆祝活动。暑假期间，傅涵毕业的高中，松滋第三中学联系了她，通知她学校将在国庆节长假期间的 10 月 2 日举办 110 周年校庆。学校邀请傅涵出席并发表演讲。联系她的人还说，希望"秀外慧中"乐队能为此次庆祝活动创作一首歌曲并在现场演唱。最后，对方还告诉傅涵："你已被评为学校 110 年历史上 17 位最具影响力的毕业生之一。"

傅涵被其中学评为学校 110 年历史上 17 位最具影响力的毕业生之一（2015 年）

最初，傅涵对这种荣誉并未产生多大兴趣。但我认为，这项荣誉来自她的家乡、她的母校，这些年来，老师和同学们亲眼见证了她所取得的成就并给予认可，这是非常有意义的。当她将这一消息告诉父母时，他们的脸上写满了自豪。

我们着手创作一首歌曲，它必须是中、英双语的，而且，仅演奏二胡是不够的，还要加入其他乐器，表演必须要以傅涵为主角。一开始不大顺利，我们试了再试，最终采用了简单的曲调，并将这首歌取名为《在这里》。

到松滋的那天晚上，我和傅涵与她的一帮高中同学共进晚餐。一些同学仍住在本地，一些则从外地赶来。同学们见到她都很高兴，为她的才华和取得的成就感到骄傲。他们也很高兴见到我。大家推杯换盏，期待着第二天庆祝活动的到来。

第二天，我们来到学校，受到校领导的热情欢迎，然后到校长办

马克在傅家担着刚采摘的玉米（2015 年）

公室喝茶、聊天。领导们对傅涵的尊敬，以及对她能回来参加校庆活动的喜悦之情是显而易见的。她是在场的少数几位获此殊荣的毕业生之一。离开校长办公室后，我独自在校园里转，注意到墙上有一块牌匾，上面挂着 17 位优秀毕业生的照片，并配有每个人的介绍，傅涵的照片也在上面。我打电话给她和她的母亲，叫她们过来看，然后拍了很多照片。

庆祝仪式开始。主持人首先欢迎大家的到来，并介绍了校长，请他发表讲话。几轮发言之后，就是傅涵和我的表演。表演前她也要讲话，她谈到自己的工作和经历，并表达了对大家的感谢。

学校庆祝活动结束后，同学们又组织了一次聚餐。然后我们回到傅涵老家多待了两天，以便让傅涵陪陪父母，同时帮他们干点儿活。前两次我来这里过春节时，除了采摘一些要吃的蔬菜外，没什么其他农活要做，但现在是秋天收获的季节，要做的事很多。我们一同下地，用了大约一天半的时间收割玉米。傅涵的父亲特别高兴，说："你为我节省了大约两天的时间。"我也很开心，因为现在我终于有机会也助他们一臂之力了。

17 民族剧院

"秀外慧中"乐队在中央民族歌舞团剧院演出（2015 年）

中央民族大学大门外有一个非常特别的剧院，叫民族剧院。剧院里有著名的中央民族歌舞剧团，已有半个多世纪的历史，它包括三个演艺分团——歌唱团、舞剧团、民乐团。它们或是各自分别演出，或以不同方式组合演出。中央民族大学舞蹈学院和音乐学院的许多学生毕业后就加入了这个剧团。中央民族大学和中央民族歌舞剧团都由国家民族事务委员会管理。

2015 年夏天，每周六上午，剧院都会举办系列讲座，介绍中国各少数民族的乐器及历史。讲座门票价格很低，许多父母带着自己的小孩来参加。剧院离我的住处非常近，傅涵和我也参加了许多次。我是听众中唯一一个老外，一开始，我们不认识剧院里的任何一位乐器演奏者，但一些人知道我是中央民族大学的老师。他们希望以其网站的名义采访我，我高兴地答应了。

"秀外慧中"乐队在中央民族歌舞团剧院演出（2015 年）

　　傅涵一直想拓展自己在许多不同领域的技能，这次机会来了，她请民乐团的指挥教她长笛。这名藏族男指挥叫赵雄，25 年前毕业于中央民族大学。他还邀请我们参加 2015 年 12 月 17 日乐团举办的季节主题演出。

　　经过与乐团音乐家们的多次讨论和彩排，赵雄又让乐团两名成员加入到我俩的组合中，成为四重奏。那年早些时候，我曾在民族大学观看过这两位成员的表演，一位是哈萨克族学生穆拉尔（Mural），他在民族大学主修哈萨克族两弦乐器冬不拉（Dombra），毕业后与乐团合作。穆拉尔还是一位技艺娴熟的吉他手，他作为首席吉他手加入我们的表演。另一位是维吾尔族打击乐器演奏者伊里·亚尔（Yi Li Yaer），几年前他曾在乌兹别克斯坦的一所大学学习打击乐器。我在穆拉尔的演奏会上也看过伊里·亚尔的表演。赵雄的这个安排非常好，新加入的这两种乐器为我们的音乐增添了力量感，尤其是在我们演唱我的歌曲《北京风》（那是我八年前刚到北京时写的第一首歌）时。

18 当东方遇上西方

　　谈到任何领域，无论是音乐、艺术、电影制作、翻译、建筑、房地产，还是媒体、政府、学术、农业、飞机制造等，你几乎都能听到傅涵提到她在这一领域有一个或几个朋友。其中一些是她的校友，一些是她的亲戚。她有一个名叫"傅家人"的社交群，成员都姓傅，分布在五湖四海，无论谁需要帮助都会得到大家的支援。不管是直接还是间接认识的朋友，几乎无一例外地愿意再把她介绍给其他人。

　　2015年，傅涵通过朋友介绍认识了清华大学深圳研究生院的副院长夏广志。深圳位于中国南部的广东省，这里曾是一个渔村，1979年被设立为城市，1980年被确立为中国第一个经济特区。如今，该市常住人口已超过1700万人，是中国重要的金融和工业中心。除了在深圳校区担任的职务外，夏广志还担任着清华大学北京主校区国际交流与合作处副处长。因此，我们有许多共同认识的人，他们主要是一些在国家外国专家局工作的外国专家。听了傅涵对"秀外慧中"乐队的介绍，夏副院长饶有兴趣，并邀请我们来他们学校举办一些活动。他们探讨了我去学校做讲座或我俩到学校表演的可能性，后来傅涵制定了一个一举两得的计划——举办一场时长为2小时的乐队专场演出。

　　听了傅涵的想法，夏副院长兴致勃勃，他安排我们2015年4月18日去深圳，到他们的校园里演出。随后他主动联系了深圳大学国际交流与合作部，并安排我们当天晚上去深圳大学演出。傅涵联系了她的许多媒体朋友，在我们到达深圳前一周，网络及纸媒就对我们此行进行了广泛报道。例如：

　　　　"秀外慧中"将美国乡村音乐和中国民间音乐完美融合，将美国乡村音乐歌手马克力文（Mark Levine）和中国民乐演奏者傅涵的跨文化才华联系在一起，二人各取所长，既包纳美国乡村音乐的舒缓随性，又传递中国民歌的淳朴自然；西洋六弦琴的清脆饱满与中国二胡的细腻绵长打造出层次丰富的音色效果；二人用

"秀外慧中"乐队在清华大学深圳研究生院举办的"当东方遇上西方"活动现场表演（2015 年）

"秀外慧中"乐队在深圳大学举办"当东方遇上西方"专场讲唱会（2015 年）

美国乡村民谣讲述中国故事，将中国脍炙人口的歌曲演绎出洋腔洋调，中西文化的交融与碰撞带给听众全新的视听享受。

这场专场演出名为"当东方遇上西方：傅涵、马克力文和'秀外慧中'的故事"。整场演出延续了"秀外慧中"以往多元文化相结合的主题。在演出中间的谈话环节，我说英语，傅涵主要说汉语。一开始，我先介绍自己的背景和我来中国的故事，然后傅涵接过话题，讲述她的故事。最后，我们一起讲述我们是如何认识的，她又是如何成为我经纪人的，还有我们一起组成"秀外慧中"乐队的经历。我们也谈到了二人之间的冲突。就像我说过的那样，"秀外慧中"这个名字本身意味着事物的两面，我们之间的确存在诸多差异，且有些差异是难以克服的。但我们传达的关键信息是，这些差异导致的矛盾最终得到了解决。有时我们会互相妥协，有时她的观点占上风，有时我的观点被采纳。我们尊重彼此，并尊重彼此的文化。所以不难看出，我们之间的差异并不是障碍，而是一种让我们创造出与众不同的作品的条件。这就是整个演出最终的目的——我们希望通过这一演出表达东西方能够合二为一的理念。

我们用音乐将这些故事穿插在一起，包括我创作的歌曲、我们翻唱的中文歌曲，以及我们将一部分歌词改为中文的英文歌曲，如《红河谷》《你是我的阳光》。有些歌曲由我独自演唱，有些则由我俩共同表演。整个演出过程中，我们身后的屏幕上滚动播放着相关的照片和视频。

第二年，我们在满满的日程中忙里偷闲，又参加了几次小规模的演出，其中包括表演"当东方遇上西方"中的部分节目，但将整个演出重新搬上舞台，是在一年以后了。

国家外国专家局每年会在临近春节时，为在北京工作的数百名外国专家举办一次招待会。我在 2013 年首次受邀参加。2014 年再度参加时，我与傅涵以"秀外慧中"乐队的身份在会上演出，并受到了与会外国专家及活动组织方的热烈欢迎。

2016 年，国家外专局再次邀请我们赴会表演。这次，我们在会上结识了贝蒂·暴（Betty Bao），她是北京外国语大学国际交流与合作处的外教联络员。北外校园距离中央民族大学校园步行只需要 10 分钟。贝蒂和傅涵成了要好的朋友，隔三岔五会在一起吃饭，两人开始聊起"秀外慧中"能在北外做些什么。与当时的夏副院长一样，她们讨论了许多可能性。贝蒂建议，北外每年都要组织一系列外国教师讲座，我们可以以"秀外慧中"的演出作为一次特别讲座。通常情况下，请来做讲座的人是在北外任教的外国老师，但她说，由于我是中国政府"友谊奖"的获得者，她相信规定可以变通一下。经过多次讨论，她们决定在 2016 年 4 月举行我们的演出——"当东方遇上西方：傅涵、马克力文和'秀外慧中'的故事"。贝蒂需要请学校国际交流与合作处处长进行审核，最后我们如愿以偿，获得了在北外演出的许可。

随后，我和傅涵天天忙着对表演内容进行更新，主要是将在深圳首演与此次演出之间发生的故事加进去。例如，我拿到了中国绿卡和淮安市"荣誉市民"的称号。我们预订了北外阿拉伯学院的礼堂，这个场地很漂亮，有 400 个座位，非常适合演讲，但唯一的缺憾是没有音乐表演所需的音响设备。演出需要一些人力、物力支持，但贝蒂所

马克·力文 & 傅 涵

时间：2016年4月22日（周五）19:00

地点：北京外国语大学 国际厅

主办单位：北京外国语大学国际处、共青团北京外国语大学委员会

承办单位：共青团北京外国语大学委员会对外联络部

当东方
American
country music
遇上西方

East Meets West

讲唱会

Fu Han　Mark Levine
and
The Story of In Side Out

Cultural Activity Series of BFSU Foreign Experts (NO.26)

北京外国语大学第二十六次外国专家文化活动

北外青年之声·艺术交流

"秀外慧中"乐队在北京外国语大学举办的"当东方遇上西方"活动现场表演（2016年）

在的国际交流与合作处资金有限，因此他们从校学生会招募了一些志愿者，同时还筹集到了一部分资金。

我们向自己认识的几乎所有圈子的人发出了邀请。消息传遍了整个校园，并引起北外负责国际交流与合作事务的副校长闫国华的注意。贝蒂为我们与他约见了一次，我们向他介绍了演出的背景以及我们的计划。闫副校长告诉我们，他不仅会参加我们的活动，而且还要在演出前向观众隆重介绍我们。

演出定于 4 月 22 日晚上 7:00 开始。晚上 6:30 时，礼堂里已经座无虚席，显然，我们的宣传已见成效。最后，礼堂内还挤满了至少100 位站着的观众，在接下来的 2 个小时里，他们就这样站着观看我们表演……

闫国华不是唯一一位出席活动的领导，中央民族大学负责国际交流与合作事务的副校长宋敏、北京大学和首都师范大学一些学院的领导也来了，还有这几个大学的一些外教嘉宾。我们的特邀嘉宾是资深外国专家伊莎白·柯鲁克（Isabel Crook），这位百岁老人与已故的丈夫大卫·克鲁克（David Crook）一起帮助中国创立了现在的北京外国语大学。伊莎白由她的儿子迈克尔（Michael）陪同前来，迈克尔向我介绍了在场的其他几位外国老专家的子女们，这些人曾参加过五六年前在中央民族大学举办的"他们帮助建立新中国"系列讲座。伊斯雷尔·爱泼斯坦（Israel Epstein）的遗孀黄浣碧也来了，是她把我和傅涵介绍给伊莎白的。国家外国专家局的代表也来了，其中包括梁伯枢和邱旭升，这两人在我获得中国绿卡的过程中发挥了关键作用。

多年来我和傅涵在各个圈子认识的许多老朋友和歌迷们也来了，他们中有中国人也有外国人，有商人也有工人。有的观众会说多种语言，有的会说英语和汉语，也有的只会说汉语或只会说英语。有我俩各自认识的，也有我俩共同认识的，还有许多我俩都不认识的。学生观众除来自北外之外，还有来自北京理工大学、北京师范大学、北京舞蹈学院、首都师范大学、中央民族大学以及附近其他几所大学的。

不得不说，整个场面相当震撼，这是一个精彩纷呈的夜晚。到场的客人同我和傅涵一样百感交集，不仅是因为现场观众人数众多，还因为大家呈现的多样性。

19 为各国外交官们表演

2013 年，傅涵和我在张家界"国际乡村音乐周"上见到了梁斌，他是中国文化部的一位官员。后来，他邀请我们参加了由外交部举办的各国驻华外交官中秋节庆祝活动，之后我们一直保持着联系。2015 年春，文化部又邀请我参加 6 月的第三届驻华外交官"文化中国行·内蒙古文化之旅"。此次为期 4 天的内蒙古之行将开始于我的大学课程结束后不久，因此时间安排对我来说是合适的。在此之前我去过内蒙古三次，但每次都是去演出，除了表演现场和酒店以外，没有机会去其他任何地方。现在有机会去内蒙古旅游了，我就立刻答应了。

受邀的 15 位外交官分别来自俄罗斯、奥地利、韩国、乌拉奎等国。我作为来自美国的中国政府"友谊奖"获得者，代表了美国民间文化交流使者。我们在内蒙古自治区和鄂尔多斯市政府工作人员的陪同下，参观了当地许多景点，还有一些著名的企业，其中包括一家大型的乳品厂。令我印象深刻的是，我们还观看了一场蒙古族的特色婚礼纪录片。在一次宴会上，我演唱了蒙古族民歌《敖包相会》，敖包是蒙古族祭神祈福的圣地，这首歌在中国可谓家喻户晓。

在整整 4 天的时间里，我都在与文化部工作人员以及各个国家的外交官交谈。其中交谈最多的是两位文化参赞，一位是来自俄罗斯的维克多·科诺夫（Victor Konnov），另一位是来自奥地利的古德伦·哈迪曼·波罗斯（Gudrun Hardiman-Pollross）。旅行即将结束之际，古德伦邀请我 7 月 1 日去奥地利大使官邸参加一个欢迎酒会。古德伦在中国的 5 年任期即将结束，而她的继任者阿诺德·奥伯米耶（Arnold Obermyer）即将到任。回到北京后，傅涵告诉我，6 月 30 日我们将有一场小型演出，地点是天津市郊的一个小村庄。我们决定在天津演出结束后直接前往酒会。我联系了古德伦，向她解释了情况，并问她是否希望我们在酒会上演唱。古德伦表示十分欢迎。

我们在酒会上演唱了电影《音乐之声》中的插曲《雪绒花》。尽管这部电影剧本是美国人写的，电影也是美国人拍的，但它讲的故事发生在第二次世界大战期间被纳粹占领的奥地利。因此，奥地利人对这部电影和这首歌都耳熟能详。电影是在 1965 年首次上映的，但直到今天它在中国仍很受欢迎，许多中国人对这首歌也非常熟悉。在场的听众，包括奥地利驻华大使、古德伦等，听到这首歌时都大为惊喜。

此次酒会之后，我们又应邀在奥地利艺术展、古德伦的欢送会等活动上表演。

俄罗斯驻华大使馆参赞维克多·科诺夫同时也是北京俄罗斯文化中心主任。在 2016 年 3 月，维克多邀请我们于 4 月 29 日去北京俄罗斯文化中心表演。这次演出活动是为了庆祝两个节日，5 月 1 日国际劳动节和 5 月 9 日纳粹投降，即俄罗斯胜利日。我们准备了三首歌曲，其中只有一首是我们以前表演过的。

在之前的几次演出中，"秀外慧中"演唱过俄罗斯歌曲《莫斯科郊外的晚上》，这首歌在中国很受欢迎。我在 20 世纪 60 年代初听过美国民歌复兴时期乍得·米切尔（Chad Mitchell）三人组合的唱片，后来学会了这首歌。我记得，当时我们把这首歌叫做《莫斯科的午夜》。在北京俄罗斯文化中心，我们用三种语言演唱这首歌，我用英语唱一段，然后傅涵分别用中文和俄语各唱一段——她是从中央民族大学的一位俄罗斯老师那里学会用俄语演唱这首歌的。我们还唱了一首在中国广为人知的俄罗斯民歌《喀秋莎》。这首歌曲创作于 1938 年，讲述的是一名年轻的士兵奔赴战场，他的情人在家里望眼欲穿。她知道，许多战士战死疆场，一去不复返。傅涵再次用中文和俄文演唱了这首歌。最后，我用英语独唱了一首 1933 年的歌曲《牧场》。这首歌是从一个红军战士的角度写的。为了抵御敌人侵犯，保卫祖国母亲，他无比自豪地离开了家乡。我们的表演受到了现场观众的热烈欢迎。

2016 年末，我们再次受邀去北京俄罗斯文化中心演出。这次是为维克多举行欢送会，他在北京的任期即将结束。遗憾的是，傅涵当时不在北京，所以我只好自己一个人表演。我对加拿大民歌《红河谷》进行改编，一首新歌《再见了，亲爱的维克多》再次打动了现场所有的听众。

再见了，亲爱的维克多

中国朋友们说，你，要离开了，
我们一定会想念你的，
想念你明亮眼睛，想念你灿烂笑容。
人们说你就是阳光，
照进了我们的生活。

坐过来离我们近些吧，亲爱的维克多，
别急着跟我们告别。
记住你在北京的美好时光，
也要记住你的朋友，
他们发自内心地爱着你。

维克多，我们要对你说声再见，
也向你的妻子，奥尔加·安德列夫娜，说声再见。
祝你们在莫斯科一切顺利，
我们都期待着再次与你们相会。

20 有一个地方叫丽江

"马克，你能写一首有关丽江的歌吗？"云南省外事办主任阮朝启先生对我发出邀歌，当时是 2017 年 8 月 8 日，我们在 2017 年"高端外国专家假期丽江之旅"第一天的晚宴上相邻而座。丽江之旅是由国家外国专家局组织的一次活动，我是受邀的约 60 位专家之一，与其他许多人一样，我受邀的原因是获得了中国政府"友谊奖"。

晚宴之前，参加此次活动的专家与云南省及丽江市的一些领导见了面。我们中的六七个人被指定发言，就如何帮助外国人到该地区工作、开办公司或旅游提供建议。会谈后，宴会开始。大厅里一共摆了八九个餐桌，每个餐桌上有两位中方领导作陪，阮先生坐在我们这桌，他和他的同事们都在忙着与同桌的外国人寒暄。我就坐在他的左边，所以他先跟我交谈。

云南省是一个多民族聚集的地方。丽江主要的少数民族是纳西族，另外还有 22 个民族也生活在这座古老的城市及其周边地区。因此，阮先生他们对我在中央民族大学任教这件事特别感兴趣。除了谈我的教学外，我还讲述了自己已写了六七十首有关中国的歌曲，并曾在全国各地演出过很多次。阮先生随后问的就是我能否写一首有关丽江的歌曲这个问题。

"这需要点时间，但我很乐意写一首。"

晚宴开始前，一位纳西族女歌手用纳西族语言唱了几首当地的歌。

演出中，阮先生说："你应该给我们唱首歌。"我也很想分享我的音乐，但一般来说，如果没有吉他伴奏我很少唱歌。我便回答道："我没带吉他。""让我看看是否能给你找一把吉他。"他拨了电话，轻声地与电话那头的一位同事说了几句，大约 20 分钟后，他的同事回电话说给我借到了一把吉他。晚宴是在我们住的酒店的二楼进行，他是从酒店一楼酒吧的吉他手那里借的，酒吧里刚好没客人，那位吉他手在休息。

我去隔壁的房间看了看吉他，并调了调音准。听到有人在叫我的名字，我知道该我出场了。我走出来演唱了两首歌，第一首是所有在场中国人耳熟能详的中文歌曲《敢问路在何方》。第二首是《我可爱的亚洲双眸》，同十年前在《星光大道》上的表演一样，我用中文演唱了其中的合唱部分。

唱完这两首歌后，我和阮先生说我还要再唱两首中文歌曲，这两首歌都出自云南省。阮先生听到很高兴。更让他高兴的是，我说我想和一位纳西族歌手一起唱。得到他的同意后，我走到那位纳西族歌手身边发出邀请，她欣然答应。现场听众反响热烈，大家为我能够迅速融入当地特色音乐感到分外亲切。一些外国专家也对我连连称赞。

后来我们又去了大理市，这是云南省一座历史悠久的城市。在欢迎晚宴开始前，阮先生就已经借来了吉他。在独唱两首开幕歌曲之前，我就已经与白族四重唱歌手们说好了，请他们和我一起演唱两首云南歌曲。

旅行结束后我回到北京大概一个月后，将《有个地方叫丽江》的歌词发送给了阮先生，然后录制了三种不同版本的样片也发给他。他回信感谢。2018年初春，云南省外事办的一名工作人员与我联系，问我是否有时间参加将于6月举行的一个会议。这次会议将在云南省会昆明举行，主题是关于国际人才的交流。会议结束后我将再去丽江，其他人则前往省内其他地区，我们要分别去和当地的相关人士座谈，重点讨论与该地区文化交流与发展相关的议题。

会议开始前大约一个月，阮先生直接与我联系，告诉我带上吉他。他说除了请我参加这次会议外，他还想让我与丽江市政府的代表见面，希望我能在现场试唱三种不同版本的《有个地方叫丽江》，然后大家共同讨论一下，确定一个正式的版本。

在昆明举行的大会约有1000人参加，包括150名左右外国人和中国商界人士、政府官员及媒体代表。上午的会议结束后，傅涵和我以及其他一些与会者被拉到机场，又飞往丽江。第二天早上在丽江的一场大型会议上，又有约1000名参会者。午餐后，丽江市文化和旅游局的代表来接我们，参观过丽江当地一个传统家庭的故居后，我们回到酒店，在会议上讨论这首歌的细节。

会议室里聚集了四位当地纳西族音乐家、三位丽江文化和旅游局的工作人员以及两名当地的媒体人。媒体对这次会议进行了报道，相

马克在丽江现场试唱三种不同版本的《有个地方叫丽江》（2018年）

关文章后来发表在了《丽江日报》上。这些当地人都不会说英语，所以要由傅涵充当翻译。

在我唱完三个版本之后，参加此次会议的人，尤其是音乐家们展开了讨论，这是我到中国以来见过的最激烈的讨论。

其中一个人建议我将部分歌词翻译成纳西语演唱。另外两个人则表示不赞同，说这不是纳西族歌曲，而是通过外国人的眼睛看丽江，所以应该用英语来唱。还有一位音乐家建议，我们可以把纳西族乐器加入进去，但他的建议也被其他人否决了。我们统计现场九位与会者的意见，请他们说出自己喜欢哪个版本，并给出原因。但统计结果令人为难，有三个人喜欢第一个版本，三个人喜欢第二个版本，最后三个人喜欢第三个版本。

他们都很高兴能有外国人来写一首有关自己城市的歌曲，并对其中所讲述的故事感到非常满意。最后，大家决定保留这三个版本，并由我根据不同场合来选择演唱哪个版本。

这真是激动人心的一天，但好戏还在后面。

我和傅涵与文化和旅游局的工作人员共进晚餐。工作人员告诉我要快点吃，原来我们还要赴当地文化和旅游局局长之约，一起去纳西剧院看表演，这真是太令人惊喜了！饭后我们来到老城外，步行约 10 分钟后到达剧院。离演出开始还有 30 分钟，我正悠闲地在剧院外看照片和广告牌，傅涵叫我入场。

"为什么？我们还有 30 分钟呢。"

"宣科正等着见我们。"

真是天大的惊喜。宣科是大研纳西古乐会的主席，他于 1981 年创立了著名的纳西族管弦乐队，以保护正在消失的、被称为"音乐活化石"的纳西古乐。纳西族管弦乐队的表演已成为丽江游人的必赏节目。宣科当时已经 89 岁了，乐团的 15 位音乐家中，有 6 位比他的年龄还大。宣科的女儿将我们带进剧院，然后进入一个办公室兼更衣室，宣科和他的音乐家伙伴们正在等我们。

正如我此前来丽江所了解到的那样，宣科的英语非常好，不需要翻译就能与我交流。我原来猜测这与他经常出国演出有关系，但真实原因并非如此。宣科说，他的父亲是丽江地区第一位讲英语的人，而他本人小时候在一所德国教会学校学过英语。

我把自己写歌的事告诉了宣科，并递给他一份歌词——幸好在上次会议后我仍把它带在身上。我在歌中提到了他的名字，他看了之后非常高兴。

聊天中我还告诉宣科，我是从俄罗斯人彼得·古拉尔特（Peter Goullart）所写的一本书中知道丽江的，这本书的名字叫《被遗忘的王国》。1942 年至 1949 年，古拉尔特曾担任中国工业合作社（简称"工合"）丽江办事处的代表。我和傅涵都是"工合"的活跃成员。巧的是宣科说他不仅认识古拉尔特，他的父亲还曾是古拉尔特的秘书。他跟我们介绍了古拉尔特的故居，那里曾是一个车水马龙的地方。

会面 30 分钟后，演出开始。我们在观众席上坐下，看着台上的宣科，演奏出婉转动人的音乐……

有个地方叫丽江

在云南的西北部，
挨着四川的角落，
有一个叫丽江的地方，
这是一个可爱的古镇。

游客来自四面八方，
丽江古城闻名天下。
许多少数民族，
生活在这个古朴的小镇上。

纳西族的音乐在丽江飘扬，
就和从前一样。
有个著名的音乐家叫宣科，
指导着纳西族的音乐表演。

玉龙雪山是丽江一道靓丽的风景线，
挺拔的山峰高耸入云。
青藏高原的虎跳峡深不见底，令人震撼。

这是一个值得参观的地方，
这是一个令人惊叹的地方，
丽江人民热情又好客。

在云南的西北部，
挨着四川的角落，
有一个叫丽江的地方，
这是一个可爱的古镇。
这是一个可爱的古镇。

马克弹奏云南少数民族乐器（2009 年）

1942 年，古拉尔特来到丽江，他把在丽江的经历写成了《被遗忘的王国》一书。以下描写丽江美景的精彩段落即摘自《被遗忘的王国》（云南人民出版社，昆明，2007 年）：

从山口走下来，山谷中迷人的气息以惊人的力量击中了我，每当我春天去丽江时都有同样的感觉。我不得不下马，去静静体会这谜一般的天堂。空气中弥漫着一种香槟的味道。天气温暖怡人，一股淡淡的清香来自于山谷上亭亭玉立的玉龙雪山。雪山在夕阳下熠熠生辉，山顶上飘动着白云，如耀眼的羽毛。那里有狂风肆虐，粉状的雪洋洋洒洒，像帽子上的羽毛，在空中飞舞。

唱响我的中国故事

山下，一切是那么的静谧祥和。桃树和梨树盛开着粉红和白色的花儿，其间点缀着毛茸茸的竹林，掩映着稀疏的村庄，还有它那白色和橙色的小屋。到处都是玫瑰。篱笆上一簇簇的双瓣儿花朵，白色、粉红和黄色的大朵玫瑰攀爬在树和屋顶上，矮小的单朵玫瑰遍洒在草地和林中的空地。

空气中沁人心脾的味道令人陶醉。田野是绿油油的，那里种植的是冬小麦，晶莹剔透的冰水从中流过。深色的水草像一缕缕发丝，在风中摇曳。来自冰川的水分流成无数的河流和小溪，使丽江平原成为世界上首屈一指的灌溉区。潺潺的溪流，百灵鸟和其他鸟儿在歌唱，如神灵般的音乐，仿佛仙境。进出村庄有一条蜿蜒的小路，曲径通幽。

从这里望不见丽江——它躲在一座小山丘的后面。小山丘的顶部，一座红白相间的神庙清晰可见。一群群纳西族土著农民从市场上回来——兴高采烈的男人和女人们牵着马，喊叫声和歌声在山谷间回荡。

......

丽江这个名字的中文意思是"美丽的河"，它指的是金沙江（长江上游）。江水在小镇的西边和东边流淌着，进而形成一个大大的环形，环绕着丽江镇。河的东西两边距离古镇都是25英里，但要到达这一环形的最北部则需要数日。......用"美丽的河"来形容这条河和这个小镇都再恰当不过了。与大多数中国城市不同，丽江四周没有墙。在人口稀少的云南省，"镇"可以说是一个很大的地方了。

21 春节里的音乐演出

　　我平时教学工作繁忙，傅涵又忙于各种事务，导致我们的演出无固定规律。但经常有人请我们在各种节日庆祝活动上表演，尤其是春节期间，有许多招待会、晚宴等。

　　我们参加过一些单位举办的春节庆祝活动，有中国国际出版集团、中国人民对外友好协会、中国国际友人研究会、北京环球英才交流协会等；我们还参加过一些慈善活动，如"未来教育之星"春节特别活动，为支持农村教育募集了资金；另外还有网络或电视转播的演出，包括"农民工春节联欢晚会""乡村春节联欢晚会""青少年网络春节联欢晚会"和"超级青年春节联欢晚会"等。在"天南海北赤峰人"的春节联欢晚会上，只有傅涵和我是非内蒙古赤峰市的表演者，我们一起演唱了《敖包相会》。

　　毋庸置疑，美国收视率最高的电视节目是 NFL（美国国家橄榄球大联盟）"超级碗"的冠军之战。2018 年 2 月的"超级碗"，全球观看人数超过 1.03 亿。但是，全球收视率最高的电视节目并不是"超级碗"的冠军之战，而是中国央视春节联欢晚会。在全球范围内，央视春晚大约有 7 亿观众。90%以上的中国家庭会观看这一时长 4 个多小时的节目，或至少会看其中的一部分，这是中国人庆祝农历新年的一个保留项目。

　　央视春节联欢晚会会在中央电视台（CCTV）的多个频道上播出。中国环球电视网（CGTN）会对央视春晚进行 90 分钟的现场转播。播出期间，镜头会不时地在晚会现场与演播室之间来回切换，切换到演播室时，主持人会与嘉宾就晚会或其他相关话题进行讨论。

　　2017 年年底，"秀外慧中"受邀参加中国央视环球电视网举办的跨年晚会，节目从 2018 年 2 月 15 日除夕开始，一直持续至农历新年到来后结束。邀请我们的是该节目的主持人朱廉安（Julian Waghann），他是一个美籍华人，在中国的电视转播领域工作了近十年，我和傅涵之前就认识他。简直无巧不成书，朱廉安和我都曾在洛

傅涵（右二）身着"剪纸"服饰亮相中国环球电视网跨年晚会

杉矶市郊的阿罕布拉高中（Alhambra High School）就读过，尽管这之间相差了 30 年左右。朱廉安当时是《文化报道》栏目的主持人，他还邀请我们参加除夕当天早些时候播出的节目。这样，我们就参加了 CGTN 的两档现场直播。

中国有十二生肖，每 12 年一轮，每个阴历年都有一个代表那年生肖的动物。2018 年是狗年，朱廉安请我们为 CGTN 春节联欢晚会写一首有关狗年的歌曲。我以前写过一首春节题材的歌，名字叫《新年快乐》，从我的这首原创歌曲着手，傅涵和我在一起忙了几个星期，既添加了一些应景的歌词，又对旋律做了一些微调。最后我们还在表演中增加了二胡的伴奏。

中国剪纸是世界公认的一种非物质文化遗产。尽管一年四季你都可以看到各式各样的剪纸，但带有春节主题的红色剪纸在家庭装饰中才最为普遍。朱廉安请傅涵带一些有特色的剪纸来，在节目上谈谈有关剪纸的话题。凭借着广泛的交际网络，傅涵请到一位艺术家制作了一件可以穿的红布"剪纸"，并搭配了头巾，用它来辅助我们讨论丰富多彩的春节庆祝方式真是再合适不过了。

新年快乐

新年的脚步又近了，年年如此。
我们都期待着，未来的十二个月里，
将充满幸福与欢乐。
我们想听到，一种特别的问候，
来自四面八方，来自天南海北。

中国共有十二个生肖，每年选出一个代表。
你看，狗年又来了，
在这一年出生的孩子，被认为有忠诚的特质。
就像掌管今年的生肖，友好的小狗一样。

每当新年来临，我们和家人朋友一起，
与过去的一年告别。
新的一年仿佛新生的宝宝一般，是那么纯真。
我们都希望它能帮助我们，实现自己的梦想。

新年快乐，
祝大家新年快乐。
新年快乐，
希望新的一年会更好。

唱响我的中国故事

"秀外慧中"乐队亮相中国环球电视网《文化报道》栏目（2018 年）

"秀外慧中"乐队在北京国际人才交流协会举办的新春联谊会上演出（2018 年）

22 "秀外慧中"成立公司

　　在"秀外慧中"乐队组成之前，傅涵就经常说要开一家公司。这样可以以公司的名义对我和其他艺人进行宣传。她想这么做的关键原因是，在推广演出时，以公司为代表往往会比以个人为代表更能引起对方的重视。而且这样做，对我们的业务接洽来说也会更加便利。

　　除了首先与我讨论这件事情之外，她也征求过其他人的意见，有的赞同，有的反对。赞同的人认为，开公司有其潜在的优势；而反对的人则一致认为，问题主要集中在成立公司的难度上。不过，随着中国政府对于公司注册流程进行了越来越多简捷、高效的政策调整，这

At Beijing Foreign Studies University, China's renowned foreign language college, students and others were treated to a unique performance, unique because the performers, a foreign teacher/musician and a Chinese woman from the Tujia ethnic minority, unify two diverse worlds. With a blend of music from one guitar and one erhu, the East Meets West show in April immersed the audience in their stories both spoken and sung – and the breadth of knowledge they conveyed.

Mark Levine and Fu Han met coincidentally and now cooperate harmoniously. Dedicated to promoting Chinese culture, the "In Side Out" duo represent two languages, two musical styles, two interpretation methods, two cultures. The idea behind their name "In Side Out" imagines the inside/outside of a shirt. In Chinese, "Xiu Wai Hui Zhong" means beauty outside, wisdom inside, with a double meaning since "wai" can refer to foreigners and "zhong" to Chinese. Performing together, they absorb many elements of ethnic minorities. Usually, Fu Han plays erhu and Mark guitar.

Singing both Chinese and English-language songs, they share vocals, Mark dressed in American cowboy attire while Fu Han dons ethnic clothing, sometimes Miao, sometimes Tujia. Among their repertoire is "Ma sang shu er da deng tai" from the Tujia folklore, which describes two kinds of trees that grow with one clinging to the other, like two lovers who do not want to part, like a combination of Chinese and Western elements.

Levine's trademarks are his cowboy hat and bushy white beard. Levine is a foreign expert teaching American and British culture and public speaking at Minzu University of China. A native of Los Angeles in 1948, he came to China in 2005. After teaching in the Jiangsu Province city of Huai'an, he moved to Beijing and started his work at MUC. A teacher and sociologist by profession, he became a singer-songwriter, tapping his skills at playing guitar for nearly 60 years. Although

The group "In Side Out," composed of Mark Levine, a Jewish-American, and Fu Han, a Chinese of Tujia nationality, fuses the indigenous and the foreign. For Westerners it represents China and Chinese ethnic groups. Levine, a foreign expert, musician and songwriter, earned a Beijing Friendship Award and permanent residence from the Chinese government after 11 years in China. His experience and travels all over the country are recounted in "Stories from my Chinese Journey," which has been translated into Chinese.

— Editor

64

《中国民族》杂志刊登"秀外慧中"乐队报道（2016 年）

马克和儿子约什（Josh）、孙子贾斯汀（Justin）在北京（2017 年）

个问题也就渐渐的不存在了。2017 年，在"秀外慧中"乐队诞生数年后，秀外慧中（北京）文化交流有限公司正式成立。

　　"秀外慧中"乐队的主旨是，通过音乐和表演将中国与外国音乐与文化联系在一起。而公司的主旨则是，将中国人和外国人组织在一起，参加一系列文化交流活动，以此为促进中外合作创造更多机会。公司成立伊始，傅涵就立刻进入了角色，通过她和我这么多年来在媒体圈积攒下来的经验和资源来做宣传推广。2017 年感恩节前后，我的儿子来中国看望我，其间傅涵也为他安排了几次采访。后来，她让更多的外国人出现在了中国的杂志、报纸及电视纪录片中。

马克和他的孙子贾斯汀（Josh）吹葫芦丝（2013 年）

贾斯汀在北京（2013 年）

唱响我的中国故事

23 听傅涵谈谈：如何与外国人共事

　　出于各种原因，许多中国人希望能为来到中国的外国人提供帮助，但他们之间常常会产生一些误会。这当然不仅仅是因为语言沟通不便可能会导致的问题，其实更重要的是大家背后存在的文化差异。从一开始与我一起共事、到相互了解、到最终成为朋友，进而为来自各个国家的外国人提供帮助，傅涵不仅英语水平在进步，她对中国人与外国人之间文化差异的敏感度也在逐步提高。因此，她成为了我们所说的"非官方外交家"。

　　2017年6月，傅涵应邀为来自中国各省份的国际人才交流协会（AIEP）代表做了一次演讲。这次活动是由中国国际人才交流协会组织的，这是一个全国性的非政府组织（NGO），经常与国家外国专家局合作，将具有各种技能的外国专家引进到中国的教育、科学、经济、艺术和其他领域。傅涵在演讲中分享了她与在中国各个领域工作的外国人打交道的案例及建议。在场的60多位听众个个聚精会神地倾听这位年轻的中国女性畅谈自己与外国人交往的经验和成果。

　　有一次，包括傅涵在内的张家界国际乡村音乐周组委会工作人员正在开会，他们突然接到一个电话，宝峰湖风景区负责人说，40多位非洲人端坐在大门口不走了，吓坏了很多买了票的国内游客，他们都不敢进景区了。宝峰湖景区领导出来邀请他们进去，他们也纹丝不动。僵持了四十多分钟后问其缘由，他们说今天怎么没有媒体跟拍……原来，这是一支受邀到张家界国际音乐周演出的非洲鼓乐队。他们是第一支抵达张家界的乐队，而且队伍庞大，于是电视台给予了特别厚爱，专程到机场迎接并拍摄了他们，他们也很高兴地接受了采访。因为距音乐周开幕还有两天时间，组委会特意安排了导游，第二天带非洲鼓乐队去当地著名的风景区宝峰湖游览。但没想到刚到景区门口就发生了开头傅涵讲述的一幕。导游解释说记者们去迎接其他乐队了，但他们还是坚持要求电视台到场。没办法，导游只好打电话给组委会。组委会一听也懵了，那天确实调度不了电视台。傅涵急中生智，从包里掏出一个小 DV 说："我去！"大家满脸疑惑，面面相觑——傅涵这么一个小个子女生带着这么小的 DV 去，能解决问题吗？但也没有更好的办法，于是组委会安排车把她送到了宝峰湖风景区。傅涵下车后直奔乐队领队，告诉他："我叫傅涵，英文名字 Flo，在音乐周组委会工作，分管媒体，今天由我采访你们乐队。宝峰湖是世界经典湖泊，位于山顶，水深 80 多米。我不仅会在美丽的湖上采访你们，还会跟拍乐队游玩的情景并将资料拷贝给你。"领队一听，立马招呼所有成员跟她一起走。问题得到了解决，皆大欢喜。那天，傅涵拍摄到了非洲鼓乐队在湖面上与当地土家族音乐人对歌的壮观场面，媒体收到资料后也大为惊喜。

傅涵在国际交往中处理紧急问题时，不仅勇于沟通、善于沟通，而且懂得抓住问题的关键点，设身处地为对方着想、理解对方，不埋怨、不抱怨，利用自身的优势给予对方便利，不仅能解决问题，还能使事态朝更好的方向发展。当自身的优势不足时，她还会调动别人的优势来扭转乾坤。

在第二届张家界国际乡村音乐周上，傅涵听闻德国乐队罢演，赶紧问怎么回事。原来是德国乐队的乐器很贵重，他们原本要求组委会为他们的乐器购买飞机坐票，但组委会为了节省成本，承诺他们不用带自己的乐器——人到中国后会给他们提供。但离开幕仅剩三天时，乐器仍没有一丝着落。傅涵说："这不能说是德国乐队罢演，乐器没到位，人家没法上台。这种情况对于音乐人来说是很难受的，我们不能让人家空跑一趟还落个不高兴。"傅涵很快联系到中国最大、最古老的吉他厂商红棉吉他，请他们赞助乐器，并策划了一个小小的赠送仪式。由于时间紧迫，赞助商带着乐器乘飞机直奔张家界。德国乐队收到乐器后很高兴，他们还将带着这批乐器进行世界巡演，等于免费为乐器厂商做宣传。音乐周得以如期举行，大家都很开心。这简直是多赢！"外事无小事，干戈化玉帛。让大家都开心并不是什么难事，只要找到矛盾点，沟通、执行解决方案，并多做一点点努力，问题就能被化解，坏事也有可能变成好事。"傅涵语重心长道。

2017 年下半年，傅涵得到了另外两家非政府组织的任命——北京环球英才交流协会副秘书长、环球人才联盟大使兼秘书，这是她的工作能力和责任感得到充分认可和欣赏的证明。她以志愿者的身份担任

傅涵（中）担任环球英才联谊会主持人（2019 年）

这两个职务，并在工作中严格履行自己的职责。每逢新年，"聚英"论坛暨环球英才峰会在友谊宾馆举行，傅涵全程执导当晚的环球英才联谊会。大约 400 位来自全国人社局、外国专家局等机构的政府工作人员、企业家与各国留学生代表及社会人士欢聚一堂，享受着宴会上思维的碰撞和欢乐的气氛。傅涵积极联络在北京工作的各行各业的外籍友人，真心诚意地帮助他们，使他们在中国享有宾至如归的感觉。

　　傅涵用她的真诚和善良将中外友人联结、将中国与世界联结。秀外慧中（北京）文化交流有限公司成立后，她代表公司与国家政府机构及非政府组织多次展开积极、友好的合作。同时，傅涵还是《国际人才交流》杂志的优秀作者。在过去的几年中，她为该杂志撰写了十几篇外国专家访谈文章。

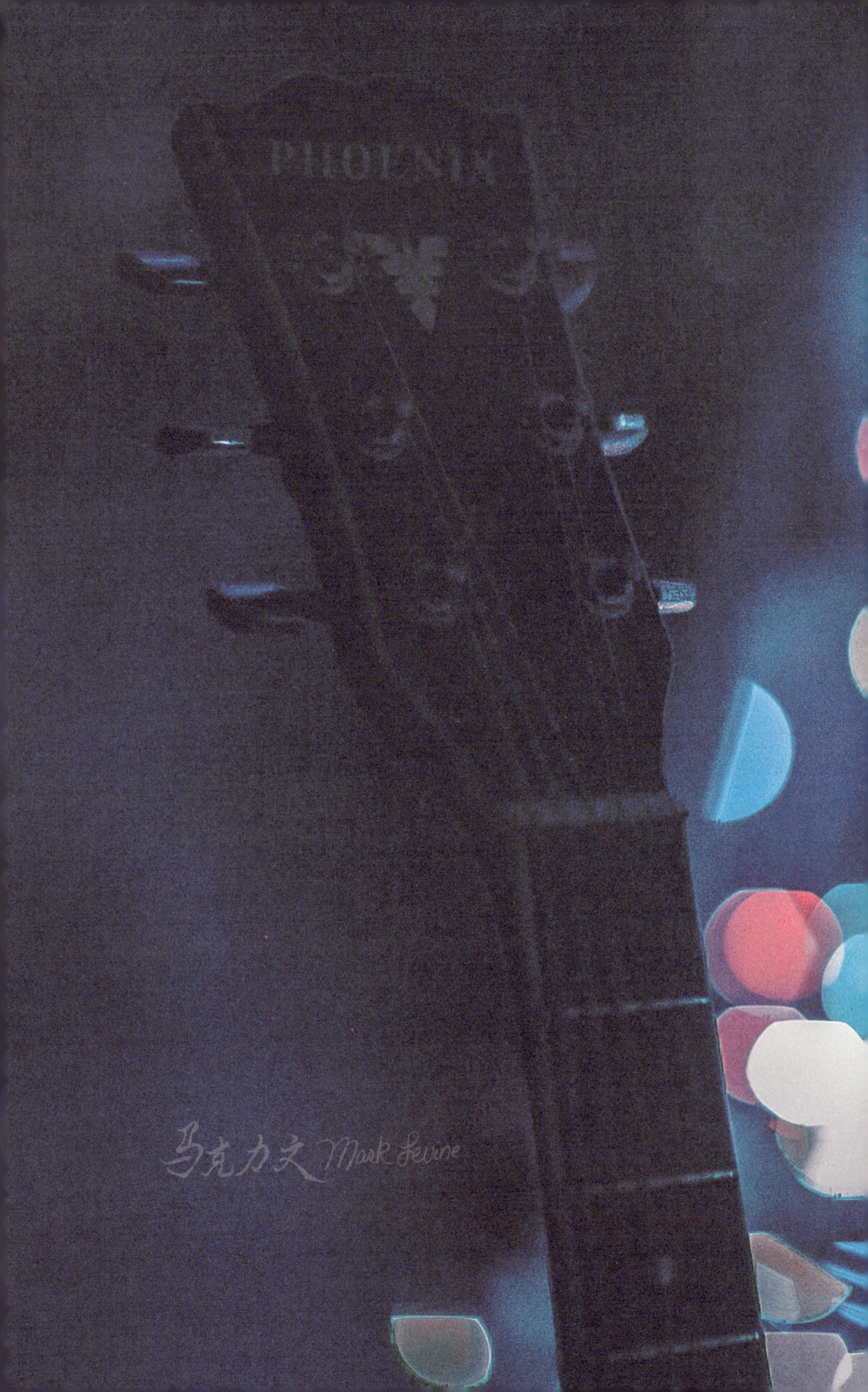
PHOENIX
马克力文 Mark Levine

第四部分

同一个世界
同一个梦想

24 伊斯雷尔·爱泼斯坦与黄浣碧

　　中华人民共和国成立初期，曾迎来一批苏联专家，他们既被称为"外国专家"，也被称为"外国朋友"。虽然这些苏联专家是第一批获得"外国专家"称号的人，但他们并不是第一批被中国政府认可为"外国老朋友"的人，因为这个称号属于那些在 1949 年中华人民共和国成立之前来到中国的外国人。在来中国两个多月前，我了解过中国的一位"外国老朋友"。第一次听说他的故事时，我感到非常惊讶，而随着我对这个人了解得越来越多，他的故事也越发令我震撼。

　　那是 2005 年 6 月 2 日，当时我还在纽约。浏览《纽约时报》时，一则讣告的标题吸引了我的注意——《杰出的中国共产党员伊斯雷尔·爱泼斯坦去世，享年 90 岁》。爱泼斯坦？中国人？我母亲曾与一家犹太人经营的公墓公司有过生意往来，那时，她曾把电话簿从头翻到尾，从中挑选出犹太人的名字，然后给他们发邮件，其中作为犹太人姓氏的"爱泼斯坦"即是她的目标之一。爱泼斯坦也是我祖母的姓氏，她也是犹太人。我知道，犹太人像中国人一样，足迹遍布世界各地，但是谁听说过中国国籍的犹太人呢？我的视线从标题上挪开，开始继续往下读。当我读完爱泼斯坦的故事时，最初的好奇变成了惊奇。

　　据讣告介绍，1915 年，伊斯雷尔·爱泼斯坦出生于当时被俄国人控制的波兰，两岁时，他与家人移居中国

伊斯雷尔·爱泼斯坦的画像（由吴娟创作）

东北的哈尔滨。3年后，他们一家搬到了港口城市天津，他在天津的外国租界区居住、上学。刚开始，他几乎没有与中国人接触过，也没学过中文，对中国的文化和历史也不甚了解。毕业后，他开启了自己的记者职业生涯，除了为中国和外国的出版社撰写文章以外，他还写了许多有关中国的书。他曾在《今日中国》（China Today）杂志社担任过50年主编。几十年前我曾读过几期这个杂志，它当时的名字叫《中国建设》（China Reconstructs），主要面向全世界介绍中国各方面的面貌。文章还说爱泼斯坦已加入中国国籍，并成为中国共产党员。"文化大革命"期间，他曾被囚禁狱中五年。后来还在中国人民政治协商会议中担任过职务。讣告的标题下有一张爱泼斯坦的照片，那是在他90岁生日来临之际，胡锦涛主席一行到家中看望他时拍摄的。他的故事引人入胜，我反复看了几遍，并记在脑海中，还将讣告拷贝了一份，来中国时把它带在身上。

来到中国后，我偶尔会说起爱泼斯坦的故事，但只当它是一个不寻常的、有趣的故事而已。当我提到他的名字时，很少有人知道。我在网上看了些有关爱泼斯坦的介绍，并对他及其他一些"外国老朋友"有了更多了解。起初我只是随意地搜集这些信息，并没有十分认真。但有一次，在北京友谊商店，我无意中发现了他写的最后一本书《历史不应忘记》，我买了一本，随后开始认真阅读。

毫无疑问，傅涵是听我谈论爱泼斯坦最多的人，她知道我对爱泼斯坦的故事很感兴趣。2010年春天的一天，她在我下课后联系我，说要给我一个惊喜。原来是她在网上找到了一段爱泼斯坦的遗孀黄浣碧接受北京电视台采访的视频。

几个月前，我刚在北京卫视播出的春晚上表演过节目，所以傅涵就打电话给电视台的人，问他如何能联系上采访黄浣碧的记者。后来她从那位记者那里得到了黄浣碧的电话号码，就给她家打电话，跟她家的保姆讲了我的故事以及我对爱泼斯坦的兴趣。

傅涵打电话告诉我，黄浣碧邀请我们去她家做客。你可以想象一下，我当时是多么地兴奋和感动。

我们到了黄浣碧的家。她70多岁，是一位和蔼可亲、非常善良的老人。她向我们展示了自己和艾培的许多照片，艾培是爱泼斯坦的亲友和同事们对他的昵称。她还向我们展示了艾培去世后国家为他补

黄浣碧向马克展示伊斯雷尔·爱泼斯坦所获奖项（2010 年）

发的中国政府"友谊奖"。

　　黄浣碧是艾培的第三任妻子，在艾培前妻邱茉莉（Elsie）于 20
世纪 80 年代因癌症去世后，他们俩结婚并一起生活了 20 年。在此之
前黄浣碧就认识艾培和邱茉莉，并与他俩合作过数十年。黄浣碧出生
在中国南部广东省的一个农村，并在那里长大。在中国人民解放军军
队中服役 3 年后，她又在公安部门做了 3 年警官。她当时的丈夫在政
府部门工作。1957 年，二人搬到了北京。1960 年，黄浣碧开始在《中
国建设》（即现在的《今日中国》）工作。

　　当问及她在杂志社的工作时，黄浣碧笑着说："我什么都做过。
好吧，几乎什么都做过，除了英语编辑。"在杂志社的几十年，从秘
书到外交事务专家，她作出了不可磨灭的贡献。我还了解到，无论是

在自己的工作领域还是作为爱泼斯坦的遗孀，黄浣碧都备受人们尊敬。她一直在努力使人们记得艾培生前所做的工作。在我们离开黄浣碧和艾培的公寓前，她拿出3本书《历史不应忘记》《伊斯雷尔·爱泼斯坦》《从鸦片战争到解放》，在上面题词后赠送给了我们。给傅涵的中文书的题词是用中文写的，给我的英文书的题词则是用英文写的。

后来，黄浣碧又送给我一本艾培写的书《宋庆龄：二十世纪的伟大女性》。宋庆龄和艾培是好朋友，她是孙中山的遗孀，孙先生在1912年创立了中华民国。宋庆龄本人也是一位深受人们爱戴的中国领导人。从20世纪40年代末至50年代初的5年里，艾培和他当时的妻子邱茉莉生活在美国，他们东奔西走，竭力阻止美国插手国共内战。1951年，宋庆龄邀请二人返回中国，在她正在筹办的《中国建设》杂志担任主编。黄浣碧说，多年来，很多人都想为宋庆龄写一部传记，但她本人坚持，首先，她不希望别人在自己还活着的时候写她的传记；其次，她只愿意让一个人为她写传记，这个人就是伊斯雷尔·爱泼斯坦。

通过两件事，我理解了为什么宋庆龄坚持只让爱泼斯坦为自己写传记。第一件事是，我看了黄浣碧回忆爱泼斯坦的专访。访谈中，她谈到了爱泼斯坦的书《见证中国：一个中国籍犹太人的诉说》，尽管整本书都是以爱泼斯坦的经历为主，但这并不是他的自传。实际上，它讲的是中国的历史。后来，黄浣碧和我谈论这件事时，也以同样的方式描述了《宋庆龄：二十世纪伟大的女性》，她说，这本书实际上写的不是宋庆龄个人的生活经历，而是她所经历的中国和世界历史。

第二件事发生在2012年，当时我正在准备有关艾培的演讲稿，后来我和黄浣碧一起在北京大学和清华大学做了这个演讲。黄浣碧让我有机会遍览保存在她家中的艾培的大量文稿。我打开一个装满文件的柜子，拿出一个标有"有关《人民之战》的信件"的文件夹。《人民之战》是艾培于1939年出版的第一本书，讲的是全面抗日战争（1937—1945）的故事。这个文件夹中包含了大量有关此书的信件，它们来自不同的人，都是用打字机打的。其中一封来自宋庆龄的信中说："《人民之战》与其他外国人描写抗日战争的书有所不同，因为它将对这场战争一手资料的分析，与我们过去的历史和未来的前景联系在了一起。"宋庆龄十分清楚，历史既不是伟人的历史，也不是重大事件的历史，而是能动的产物。她知道艾培与她持相同的观点。所以，

黄浣碧向马克赠送伊斯雷尔·爱泼斯坦的书（2010 年）

艾培写她的传记不会只局限于描写她自己，而是会将她的故事置于过去和未来的时代背景下。

　　黄浣碧家有一套巨大的落地书架，这个书架占据了客厅的一整面墙壁。除了它惊人的尺寸外，另外引起我注意的是，书架空出了约四分之一的空间；还有一点，除了爱泼自己写的书以外，英文书籍很少，尽管英文是他写作和阅读的主要文字。书架上还有一些中文书，一些俄文书（他的母语）和希伯来语书，这些语言的书籍他都有能力阅读。黄浣碧解释说，这些英文书籍都将作为"伊斯雷尔·爱泼斯坦作品"的特别藏品捐赠给清华大学图书馆。该校新闻与传播学院还成立了伊斯雷尔·爱泼斯坦对外传播研究中心。

　　拜访黄浣碧的那天正好是中国的一个传统节日——清明节。这一天，逝者的家人要去墓地扫墓、清洗墓碑、清除杂草及其他杂物，并献上鲜花。因此，我和傅涵也跟随黄浣碧一起去了艾培的墓地。

我们来到八宝山革命公墓，艾培就安息在这里。许多中华人民共和国早期的军事和政治领袖，还有中国人民的"外国老朋友"都葬在这里，例如曾经报道中国人民英勇抗日的美国记者安娜·路易斯·斯特朗（Anna Louise Strong）和艾格尼丝·史沫特莱（Agnes Smedley）以及美国医生乔治·海德姆（George Hatem），海德姆的墓与爱泼斯坦的墓距离很近，他的中文名字马海德更为大众所知。

自那天起，在黄浣碧和她介绍给我的其他人的帮助下，我对艾培有了更多的了解。通过与这些人交谈，并阅读了他写的近 10 本书后，我对他的工作、生活以及性格，都更加熟悉了。

说到他的性格，我曾听说一件有趣的小事儿。杨·海伦（Helen Praeger Young）是《选择革命——长征中的红军女战士》一书的作者，也是艾培和他第二任妻子邱茉莉的好朋友。邱茉莉在 20 世纪 80 年代初因癌症失明后，海伦便常到家中为她朗读。海伦说艾培非常搞笑。一天，他们三人在一起时，身材矮矮胖胖的艾培谈到自己上小学时第一次登台表演的情景。"他说他扮演的是一颗树，"海伦说，"尽管邱茉莉的身体状况很差，但她还是一本正经插话：'我觉得你扮演蘑菇更合适，你们觉得呢？'我们三个人都放声大笑起来。艾培也会经常调侃那些有趣的事儿，即使被调侃的对象是他自己。"

几十年来，艾培一直住在北京海淀区西边的友谊宾馆（这里最初是接待来自苏联的专家的，后来其他国家的专家也住在这里）。该宾馆的外事办公室主任李蔚峰和艾培是故交。当年李先生刚来宾馆上班时，被派去向艾培要亲笔签名，以当作给宾馆工作人员的节日礼物。他知道艾培工作非常忙，心里有点儿犯怵，但还是硬着头皮去了，结果没想到艾培二话没说，高兴地为每个人送了自己的签名。

♪♪ **他敲响了真理的钟**

有一个人名叫伊斯雷尔，姓爱泼斯坦。
很久以前，在一个完全不同的时代，他来到了中国。
老少朋友们都爱喊他艾培，那是他们对他的昵称。

他年轻的时候是个记者，他敲响了真理的钟。

艾培写的《人民之战》，
讲述了人民为什么而战。
他去了延安并告诉世界，
人民的战斗永远不会失败。

艾培说革命还没有结束，
他致力于帮助革命取得胜利。
他号召其他人表明立场，
去帮助他心爱的中国。

艾培也写了他的朋友宋庆龄。
他聆听人们自豪高歌，
唱着那《义勇军进行曲》，
他至死也没有停止写作。

有一个人名叫伊斯雷尔，姓爱泼斯坦。
很久以前，在一个完全不同的时代，他来到了中国。
老少朋友们都爱喊他艾培，那是他们对他的昵称。
他年轻的时候是个记者，他敲响了真理的钟。

唱响我的中国故事

25 他们帮助建立了新中国

　　黄浣碧在我们拜访完她几个星期之后打电话给傅涵，邀请我们参加在北京郊区举办的一个植树活动，许多来自不同单位的人被分为几个小组，一起来到一片空旷的田野上，植树用的铁锹之类的工具和水都已经备好，大家只需要出些劳力。

　　我们植树小组的成员主要来自中国工合国际委员会，简称"工合国际"。该组织成立于 20 世纪 30 年代，主要活动是在农村地区推广自给自足的小型合作社。当时的目标是为工人和难民创造就业机会，同时还为支持抗日战争购买物资。"工合国际"最初是在许多"外国老朋友"的倡议和帮助下成立的，他们包括新西兰友人路易·艾黎（Rewi Alley）、美国友人埃德加·斯诺（Edgar Snow，《红星照耀中国》的作者）、海伦·福斯特·斯诺（Helen Foster Snow，《我在中国的岁月》的作者）和艾达·普鲁特（Ida Pruitt，《汉家女儿》的作者），还有爱泼斯坦。

马克在北京大学未名湖畔的埃德加·斯诺墓前（2013 年）

在众多参加植树的人当中，我最先遇到的是 94 岁的伊莎白·柯鲁克（Isabel Crook）。我们首先乘坐同一辆车到达集合地点，然后转乘一辆载着我们一起前往植树现场的面包车。每当我在中国认识一个外国人时，我通常会首先问他来中国多长时间了，我也这样问伊莎白，她回答说："大约 60 年了。"听到这个数字后，我简直难以形容我有多么震惊。同样令我震惊的是，尽管年事已高，伊莎白还可以一锹一锹地铲满土，将其填在树坑中。伊莎白的三个儿子中有两个也参加了这次活动。如今三兄弟也都已年过五十，他们都出生在中国，在中国上的小学和中学，然后出国上大学。虽然三人分别拥有英国、加拿大和美国国籍，或兼有这三个国家的双重或多重国籍，但他们的母语都是汉语。尽管三个人的英语都很流利，但他们在一起交流时用的还是汉语。这次一同前来植树的两个儿子仍生活在中国，她的几个孙子也是如此。

尽管伊莎白和爱泼斯坦的经历有所不同，但伊莎白的故事同样引人入胜。她出生于四川省，父母是来自加拿大的卫理公会传教士。她回加拿大接受教育，后以人类学研究生的身份重返四川，做田野考察。她的丈夫大卫（David Crook）是一名英国共产党党员，来中国之前曾与西班牙共和政府并肩战斗。他们相识于中国，第二次世界大战期间一起去英国，在那儿结了婚，并在加拿大和英国军队中服役。后来他们回到中国，研究中国共产党控制区的土地改革。1948 年，他们的研究刚结束时，据伊莎白回忆："共产党意识到自己即将赢得胜利，他们请我们不要离开。他们说，我们的外交官将来需要讲英语，请留下来帮忙教英语。"就这样，大卫和伊莎白留了下来，随中国人民解放军一起来到了北京，成为现在的北京外国语大学的第一批外国英语教师。他们教的许多学生后来成为了外交官、翻译或外国研究领域的顶级教授。现在，这些学生以及他们的学生都已过了退休年龄。

伊莎白的儿子迈克尔创建了北京第一所不附属于大使馆的国际学校，他还是"工合国际"的现任主席。另外，他还活跃于由享誉世界的动物学家珍妮·古道尔（Jane Goodall）所创立的"根与芽"项目等组织。通过迈克尔，我还认识了另外一些与迈克尔一起长大的"外国老朋友"的孩子们，他们的父母来自美国、英国、加拿大、特立尼达和多巴哥、俄罗斯、新加坡、印度、意大利、巴西等地，大多数已在中国生活过 5 年到 15 年。他们的许多后代也仍在中国，有的曾因求学或工作离开过一段时间，然后又回到了中国"老家"。与这些"外国老朋友"的子女（有的是孙辈）见面后，我意识到，无论是中国人还是外国人，很少有人真正了解他们。我找到中央民族大学外国语学院院长郭英剑博士，想邀请一些"外国老朋友"的后人来学校与学生们交流。郭博士对这件事非常赞同，学校国际合作处也是如此。

虽然这些人对中国的今天和中国的历史有着不同的看法，但所有人毫无例外地将中国看作自己的家。而且，所有人都为他们的父辈（或祖父辈）为建设新中国所作的贡献感到自豪，并渴望与别人分享他们的故事。我提议的交流活动最终以"他们帮助建立了新中国"系列讲座的形式开展，由中央民族大学外国语学院和国际合作处主办，8 次讲座吸引了中央民族大学各个学院的学生，甚至是老师。其中有一半的讲座座无虚席，还有许多听众只能站着。后来，外专局的人听说了此事，他们希望能让更多的学生了解这些"外国老朋友"对中国所作的贡献，鼓励我将这些讲座带到其他大学去。

几个月后，我在北京大学的一次活动上，见到了该校中国埃德加·斯诺研究中心的两位领导，他们分别是该中心主任李岩松博士，以及中心副主任孙华博士。我向他们介绍了这个系列讲座，两人都很感兴趣，他们认为对中国年轻人进行这方面的教育非常重要。孙博士邀请我到北京大学举办有关外国记者在中国的系列讲座，这一系列讲座可以说是之前在中央民族大学所做讲座的精缩版。

2012 年春季学期，"外国老朋友"的第二代和第三代后人开始走上北大的讲台，讲述"外国老朋友"的故事。这些讲座价值极高，因此我向北京大学提交了一份建议，希望能将本系列讲座设置为正式课程。我的建议得到了校方响应，从 2012 年春季学期开始，这些讲座成为正式课程，主讲人共有十多位。课后学生们还有阅读作业，他们可以任选爱泼斯坦、埃德加·斯诺、艾格尼丝·史沫特莱和安娜·路易斯·斯特朗等人的某一本著作来阅读，然后写一份简短的报告，并在课堂上朗读。

学生们从书中了解到这些外国人在 20 世纪四五十年代为中国作出的贡献，还了解到这些外国朋友当时是如何看待这段历史的。大家反响很强烈。新闻专业的一名大二学生写道："伊斯雷尔·爱泼斯坦

马克在北京八宝山的安娜·路易斯·斯特朗墓前（2011 年）

的《人民之战》，是我们了解第二次世界大战期间中国历史最好的著作之一。它可以帮助我们了解当时的中国历史，并理解公正性和客观性在新闻学中的重要意义。"另一位新闻专业的学生则说："我认为，今天的学生都应该读一读《人民之战》。读者可以从中感受到一位 23 岁的青年在战场上的勇气，以及他作为记者的使命感。"一位韩国留学生读了美国记者迪恩（Hugh Deane）写的《善行与炮舰：两个世纪的美中交锋》后写道："通过阅读本书，我不仅学到了历史，而且学到了看问题的新视角。我的思维方式得到了拓展，尤其是我了解了美国人是如何看待中国的。我相信，这本书可以帮助许多学生去认识这段独特的历史，它不仅对中国学生有价值，而且对在中国的外国留学生来说，也是值得一读的。"艾格尼丝·史沫特莱的《中国在反击》是在日本侵华战争期间，她与八路军在一起时所写新闻稿的汇编，一位学生读完这本书后写道："我认为这本书很值得今天的学生阅读。她写的日记很有意思，其中设置了很多悬念，使我们总想进一步了解接下来发生的事情。因此，我强烈建议大家阅读这本书。"显而易见，这一课程加深了学生们对外国人在中国历史关键时期所作贡献的理解和尊重。

26　西方女人类学家的中国记忆

　　"去年（2018 年）10 月，傅涵告诉我，她想拍摄一位受人尊敬的外国专家，制作一部有关她的纪录片，记录她在中国生活的回忆，尤其是她的童年。当时，傅涵连摄像机都没有！但是过了不到三个月，她就邀请我观看她的纪录片。这是个巨大的成功！这就是我真正欣赏和羡慕傅涵的原因，她充满了看似取之不尽的能量。只要有想法，她就会努力将其变为现实。"

　　以上这些话是艾达·龚（Ida Gong）说的，她是我的一位同事，在中央民族大学教英语口译和笔译。艾达和傅涵也是多年的好朋友，傅涵拍摄纪录片用的摄像机正是向艾达借的。那么，谁是纪录片中那位"受人尊敬的外国专家"呢？她就是我们前面提到的一位"外国老朋友"伊丽莎白·柯鲁克。

　　2010 年，在筹办"他们帮助建立了新中国"系列讲座时，我去找伊莎白·柯鲁克，想请她到中央民族大学担任主讲人，她的回答是："我年纪太大了，您可以找下一代人来做这件事。去跟我的儿子迈克尔谈谈吧，他和这些第二代的孩子们一起长大，知道怎么联系他们。"说这话时，伊莎白已 94 岁高龄了。2020 年 12 月，伊莎白过完了她的 105 岁生日。傅涵拍的这部关于她的纪录片，名字叫《西方女人类学家的中国记忆——伊莎白·白鹿顶》。纪录片的开头有秀外慧中（北京）文化交流有限公司的标识，结尾字幕中有"秀外慧中荣誉出品"字样，这是"秀外慧中"公司的第一部纪录片作品。

　　认识伊莎白多年以来，我和傅涵对她有了更深的了解。尤其是傅涵，在过去的两年里，不仅会在不同的活动中见到她，还特意去过她的家中拜访，也曾和她的家人一起外出野餐，等等。傅涵说："对伊莎白了解得越多，我对她的故事也就越迷恋，越想和她的家人接触。到后来，我与她的三个儿子和几个孙子们都建立了牢固的关系。"

　　傅涵开始有拍纪录片的想法是在 2018 年初夏。有一天，伊莎白突然昏倒，傅涵很担心，她决定要尽快帮助伊莎白把她珍贵的回忆记

《西方女人类学家的中国记忆——伊莎白·白鹿顶》纪录片海报

马克在北京国际人才交流协会举办的新年活动上演唱《建设新世界的路上》（2019 年）

录下来。但事实证明，制作纪录片比傅涵想象的要困难得多。她说："我在天津电视台的几个朋友想拍摄伊莎白，起初我认为这是个好主意，但开拍的时候，伊莎白太过紧张了，面对镜头或陌生人时说不出话来，因此，我决定最好是由我来拍摄和采访她。但刚开始拍的时候，伊莎白甚至连跟我说话都感到紧张。"

傅涵尽量使采访过程显得不那么严肃，而只把它当作一次朋友之间的谈话。按照中国人的习惯，她会称呼与自己祖父母年纪相仿的人"爷爷""奶奶"。和伊莎白说话时，她开始叫她"奶奶"，这样做有助于减轻伊莎白的紧张情绪，就像奶奶与孙女之间对话一样。随着拍摄的进行，她们俩都越来越有经验，拍摄进行得也愈加顺利。

白鹿顶是位于白鹿镇的一座山，白鹿镇在四川省成都市管辖的彭州市。小的时候，伊莎白和家人一起去过白鹿顶度假。为了重现伊莎白在白鹿顶的童年生活，傅涵决定让伊莎白的两个曾孙女和她们的一个朋友分别扮演童年的伊莎白和她的两个妹妹，她说："我这样做是为了帮助加强伊莎白与这些孩子们之间的纽带，这种纽带将会被代代相传。"

舞台背景中是伊莎白·柯鲁克的大幅照片（2019年）

傅涵在北京国际人才交流协会举办的新年活动上表演（2019年）

唱响我的中国故事

马克在北京国际人才交流协会举办的新年活动上表演（2019年）

　　一方面，出于对伊莎白健康状况的考虑，拍摄时间不能太长；另一方面，傅涵希望能在伊莎白103岁生日到来之前完成拍摄，所以傅涵加劲工作，尽快赶制。最后，一部满载着伊莎白百年回忆的精彩纪录片诞生了。正如车太贤在《新大都会》（*Metrostyle*）杂志上发表的题为《伊莎白·柯鲁克与傅涵：超越世纪的友谊》文章中所说的："这部纪录片将在伊莎白、傅涵和所有观众之间建立起牢固的联系。"

　　这部纪录片作为傅涵献给伊莎白的一个礼物，在北京外国语大学为伊莎白举行的103岁生日庆祝会上首映。北大新闻学教授、中国埃德加·斯诺研究中心副主任孙华说："这部纪录片从伊莎白讲述童年的美好回忆开始，便深深打动了在场的观众。"他评价傅涵："她是一个多才多艺的人。对我们所有人来说，她的成长和成就是有目共睹的。她友善地对待身边每一个人，无私地帮助他们，外国朋友们都爱她。我相信她前程似锦。"

　　这部纪录片并不是傅涵献给伊莎白103岁生日的唯一礼物。在生日庆祝会上，四川省彭州市市长龚昌华走到台上，宣布了傅涵的另一份礼物："彭州市准备建立一个博物馆，以纪念伊莎白·柯鲁克在那里生活过的日子。傅涵为促成此事作出了巨大的贡献。"

　　对于这份礼物，彭州市方面很高兴，伊莎白很高兴，伊莎白的儿子和孙子们也都很高兴，这就是"多赢"，这也是"秀外慧中"的目标。

🎵 建设新世界的路上

伊莎白·布朗是加拿大人，
很久以前，她出生在四川。
30年后，她在中国遇到了大卫·柯鲁克，
很快，他们就在伦敦结婚了。

他们两位都是老师，
曾以多种方式伸出援手，
当工人和农民为了生活，
奋斗在一条建设新世界的路上。

他们与他们的中国同志们一道，
行走在一条不总是一帆风顺的路上。
当道路变得坎坷，他们也初心不改，
始终秉持着心中与生俱来的奉献精神。

他们两位都是老师，
曾以多种方式伸出援手，
当工人和农民为了生活，
奋斗在一条建设新世界的路上。

他们与他们的中国同志们一道，
行走在一条不总是一帆风顺的路上。
当道路变得坎坷，他们也初心不改，
始终秉持着心中与生俱来的奉献精神。

27 "友谊奖" 和中国绿卡

李克强总理会见2014年度中国政府"友谊奖"获奖外国专家合影

2014年9月30日 人民大会堂

中国政府"友谊奖"得主合影（2014 年）

　　2014 年 9 月 30 日，有 100 位外国专家获得了当年的中国政府"友谊奖"，我是其中的一位。这是中华人民共和国为表彰在中国现代化建设和改革开放事业中作出突出贡献的外国专家而设立的最高奖项。加上这 100 位，获该奖项的外国人总数达到 1000 位。当天，我们还参加了习近平主席也出席了的盛大国庆宴会，到场嘉宾将近 3000 人。

　　在人民大会堂前厅，台上站着 100 位外国专家及其配偶，中国国务院总理李克强与我们合影留念。宴会之前，李总理面对所有出席的外国嘉宾发表了讲话。虽然他的英语说得很好，但他这次还是选择了使用汉语。他站在台上，面对着台阶上的听众，右后方约 20 英尺处站着一位翻译，左后方约 12 英尺处站着原国家外国专家局局长张建国。讲话过程中，李总理会偶尔转过头看向张局长。中国政府"友谊奖"实际上由外国专家局颁发的。

马克在人民大会堂接受原国务院副总理马凯颁发的"友谊奖"（2014 年）

    首先，李克强总理对刚获得"友谊奖"的外国专家表示问候和祝贺，然后赞扬了外国专家为中国所作出的重要贡献。"中国现在有 60 万外国专家。"停顿了一下，他用强调的语气接着说道，"中国这么大一个国家，应该有 600 万、甚至 6000 万外国专家！"

    当他说出"欢迎更多的外国专家来中国"时，原本微笑着的每位嘉宾脸上洋溢出更加灿烂的笑容。"我们要让外国专家在中国的生活更方便、更舒适。我们希望有更多的专家来中国，带上他们的家人，在这里多生活一段时间。"听到这里，现场的气氛变得更加热烈。李总理还提到，获得"友谊奖"的外国专家将有资格获得广受追捧、但发放量很少的中国绿卡或永久居留权。李总理转过头来对张建国说，他希望国家外国专家局着手修改现有相关规定，使以上所说成为现实。

    李克强总理讲话结束后，国庆宴会正式开始。这是我第二次参加国庆宴会，第一次是在 2009 年中华人民共和国成立 60 周年之际，我是和中央民族大学的外国教师代表团一起来的。这次国庆宴会的气氛像上次一样热烈，而这次我更加兴奋！首先，我刚刚获得"友谊奖"；

其次，总理的讲话意义深远，且他宣布"友谊奖"的获奖者将有资格获得中国绿卡！

唯一可惜的是，那天晚上，傅涵，我最好的朋友、我的经纪人、我的音乐搭档没能在那里与我共同分享喜悦。大多数获奖者都来自科学、商业、医学或其他领域，而我作为"文化大使"被授予此奖，是因为我用歌声讲述中国故事，这是我和傅涵共同的荣誉。我现在获得的所有的这一切荣誉都是因为傅涵的帮助，就连申请该奖项所需提交的材料也是她帮忙准备的，所以我非常渴望能与她一同分享这激动人心的时刻。但按照规定，能陪同获奖者参加颁奖仪式的只能是其配偶。尽管我提出带傅涵一起来的申请，但未能获得允许。另一位获奖者想带从国外来探望他的孩子一同参加，也被拒绝了。李总理讲话后，我急着与傅涵联系，告诉了她这个好消息："'友谊奖'的获得者将来有资格获得中国绿卡！""太好了！"她说，"这是你应得的。但别忘了，你现在还没拿到呢，还有很多后续工作要做。"

尽管获得"友谊奖"是一项殊荣，但对我而言，意义远远不止于此。我在中国的这些年里，看到越来越多的外国人涌入，中国在聘请外籍职员方面的选择余地也越来越大了。十几年前，拥有学士学位且母语是英语的外国人，还能够轻松地在中国的大学里谋得英语教师职位。而今天，尤其是在北京、上海或其他一线城市，要想在大学任职，没有两年以上的教学经验或英语教学证书，即使拥有硕士学位可能也是不够的。此外，对年龄的要求也提高了。例如，在北京，教学或其他领域新入职的专家必须小于 60 岁，而已经在职的专家，可以继续在同一工作单位工作至 65 岁。

我获得中国政府"友谊奖"的时候已经 66 岁了，并且那年 4 月我获得北京市政府颁发的"长城友谊奖"时，被授予"高级外国专家"职称，这给了我延迟几年退休的权利。一旦有了绿卡，我将彻底不再受就业年龄的限制，可以到任何一个愿意聘请我的地方工作。而且，如果我选择不工作，我也可以不受限制地在中国任何地方生活。绿卡有 10 年的有效期，而且还可以无限延长。

言归正传，"友谊奖"的候选人是由其所在工作单位推荐的。就我而言，推荐我的是我从 2007 年起开始执教的中央民族大学，由学校国际合作处负责处理相关事务。2009 年和 2010 年我曾两次获得提

马克获得"长城友谊奖"（2014 年）

名，但都没能拿到绿卡。国家外国专家局主办的杂志《国际人才交流》上刊登了三篇关于我的文章，以及我在外专局春节招待会上多次表演，使得我在外专局内积攒了一定的名气，我与那里的许多工作人员也都相熟。因此，要想了解绿卡申请的进展情况，我有近水楼台之便。而促使我争取拿到绿卡的原因，与我在北京市公安局的一次经历有关。

那是 2015 年 4 月中旬的一个星期三的下午，我正在中央民族大学自己的办公室里等着上课，突然手机响了，显示呼叫人是詹姆斯·李，当时他是中央民族大学外国教师的联络人。我接起电话，听到他说："你好，马克。我现在正在北京市公安局，为您和其他外国专家申请新的居留许可证，这里的人说您的材料有点儿问题。"

"有问题？什么问题呢？"

"他们只说有问题，我没法给您办居留许可证。"

"是什么问题呢？"

"他们不告诉我，我觉得是您的护照有问题。您明天早上 9：30 要亲自来这里一趟，我会跟您一起来。"

"两年前我更新了护照，而且已经用新护照办了两次居留证。我不知道可能是什么问题。詹姆斯，我明天上午 8：00—9：50 有课。"

"不行，你一定要来，调一下课。这个非常重要。"

于是我们约好了第二天早上见面。那天晚上我魂不守舍，坐卧不安。我联系了傅涵，把情况告诉了她，她问："你明天要我和你一起去吗？""是的，拜托你了。我不知道这是怎么回事，需要你来帮我。"傅涵答应了。

早上出发之前，我带上自己的中国政府"友谊奖"奖牌和奖章以及"长城友谊奖"奖牌和证书，我的书稿原件、复印件等各种材料。与詹姆斯和傅涵会合后，我们一起进了公安局。进门时詹姆斯边走边说："我们不需要排队等号，我跟工作人员说我们到了就行了。"

我们走到办事柜台旁时，工作人员认出了詹姆斯，示意我们等一下。他起身离开自己的办公桌，进入身后的一扇门，大约一两分钟后，他和一位肩章上有两颗星的警官一起走出来，这位警官向房间的另一侧走去，并示意我们跟着他。首先，我们通过一个金属探测器区域，然后穿过两个双层门——办公楼的这个区域不再有非工作人员了。接着警官让我们进入电梯，到了三楼，我们跟着他穿过狭窄的走廊。走廊两侧的门大部分是关着的，到了唯一敞开的一扇门前，警官让我们进去。在里面，我们见到了一名肩章上有三颗星的警官，他坐在一个小的长方形会议桌旁，两边各摆着三把椅子。

两位警官首先各自给我们三人发了他们的名片。詹姆斯和我也把自己的名片递给他们。肩上有三颗星的警官用中文说："以后如果需要帮助，可以与我们联系。"然后，他解释了要我来办公室的原因："你来北京已经九年了，但从未来过这里。每天，我们的计算机系统都会随机选择两个申请居留许可却没有亲自来办过手续的人，来和我们见个面。"

在他解释的同时，我忙着把自己带来的所有物品拿出来，放到桌子上。警官解释完后，看着面前摆放的东西，说："您做了这么多事，您是中国的朋友。您是不是有绿卡？"

我回答道："我也希望能够拿到绿卡。"然后兴奋地向他讲述了6个月前李克强总理宣布的消息。"我一直与自己在外专局认识的人保持着联系，问他们是否出新规定了，是否把这一新的绿卡资格类别包含进来了，但他们说还没有。"

警官回答道："我觉得规定应该已经改了，咱们一起去绿卡服务台问问我的同事吧。"

"好消息！"我心里想，但这股兴奋之情很快又灰飞烟灭。绿卡服务台的警官说："规定还没有改，我也不知道什么时候会改或会怎么改。我们的工作程序是，我得到有关法规变化的通知，然后负责执行，事前我不会得到任何通知的。"很显然他说的是有道理的，但这并不能减轻我失望的情绪。

我灰心丧气地问："我能做些什么吗？我可以在其他类别下申请吗？"他查看我带来的东西，尤其是我的身份证明"外国专家证书"，上面写着"外国教师"。

"不行，那样也不行。虽然您在大学教学很多年了，但只有获得4年以上的副教授或教授职称，才可以通过这个条件申请。另外，您没有在中国进行过重大金融投资，也没有过杰出科学贡献，也没有与中国公民结婚，这些都没有。所以您只有等了。"

我们正准备回去，绿卡服务台的工作人员说："还有另一种方法，您可以尝试一下。因为您获得了'友谊奖'，所以您可以要求国家外国专家局的人给公安部写封信，信上可以这样说：'这是马克力文。他是中国的朋友……'信上还要列出您所获得的奖项，以及您以前做的事情，然后向公安部申请给您发绿卡。"我听了这个方法很高兴，问他："真的吗？这样做可以吗？""之前有一个日本人这样做过。"他边说边递给我一本中文小册子，并解释了获取绿卡的步骤及其他程序。

真可谓"山重水复疑无路，柳暗花明又一村"。我们满怀希望地离开了公安局。在回去的车上，傅涵和我讨论了应该和谁联系。我说："我会联系亚历克斯（Alex），请他帮忙。今天下午和明天早上我都有课，我争取明天下午去找他。"傅涵表示赞同："他在你获得'友谊奖'的过程中帮了不少忙，找他是个不错的选择。"

当时，亚历克斯担任的是国家外国专家局教育和文化部副主任。2009年，我在湖南省张家界第一次见到他，当时我在参加第一届张家界国际乡村音乐周，而他在和家人一起旅游，我们见面的时间非常短。几年后在北京重逢，经亚历克斯提醒我才想起那次见面。

傅涵提到的亚历克斯在我获得中国政府"友谊奖"中所起的作用，部分与《马克的夏天》这部纪录片的策划有关。该片是为央视中文国际频道《外国人在中国》栏目制作的，讲述的是 2013 年我在中国的经历。最初，栏目组已经完成了对策划中 10 个外国人的拍摄，但他们希望再补充一些人。国家外专局向栏目组提供了一份推荐名单，其中就有我，他们还提出建议："应该先拍摄马克的节目。"中央电视台、国家外专局、中央民族大学国际合作处以及外国语学院之间先进行了沟通，之后，这些单位的代表找我和傅涵开了个会。学校国际合作处和国家外专局的人向纪录片导演解释了为什么先要拍摄我。亚历克斯还说："在 2010 年'友谊奖'的评选当中，马克只差两票就当选了。""两票！"一方面，我很高兴听到这个消息，但同时也觉得很遗憾。这次会议是在 2013 年 5 月份举行的，也就是在 2013 年"友谊奖"推选之后。后来亚历克斯告诉民族大学国际合作处的凯文："你们应该再次推荐马克参加 2014 年的评奖，他应该很有机会入选。"

言归正传，我和傅涵达成共识，我应该去找亚历克斯谈谈。一个星期五早上，我给亚历克斯发了一条短信，说我想在下午见他，并告诉他："我到专家局的楼下后再给您发短信。"我要和他当面谈这件事。

从我的公寓步行到国家外专局大楼大约需要 25 分钟。这一天是北京春季里少见的好天气，天朗气清，惠风和畅。我心情也很好，因为我觉得绿卡申请会有进展，同时我也有一丝紧张，毕竟绿卡没拿到手之前，什么都是不确定的。

国家外专局大楼是北京友谊宾馆建筑群中的一部分。到了之后，我给亚历克斯发消息，他回复："我马上下楼，请稍等。"亚历克斯到了楼下对我说："和我一起走到地铁站，我正好下班回家。"

我一边走一边把我去公安局的情况告诉了他，并提出请他帮忙。他没问什么问题，却很快回答我："我可能帮不上什么忙，马克。我已经将外专局的所有工作转交给别人了。下周我要飞往伦敦，在那里工作两年。我的任务是与外专局在当地的相关组织合作，把国际人才引入中国。"

瞧，我说什么来着，不能高兴太早。我感觉到，刚才来外专局路上的那股兴奋劲儿正像一个气球那样在慢慢泄气。但在到地铁站之前，我要努力把泄气的地方堵上。"旅途愉快！在您离开的两年里，我会想念您的。您认为这事我应该去找谁？"这是我们在一起最后一分钟的话题，我俩都认为，我应该去找我在国家外专局认识的另外一个熟人。

这个人就是梁伯枢，他当时是《国际人才交流》杂志社的高级编辑。我们是在民族大学举办"他们帮助建立了新中国"系列讲座之后认识的，正是他鼓励我将这一系列讲座带到其他大学。《国际人才交流》杂志上刊登的有关我的多次采访，也是由他负责的。我跟傅涵说了我和亚历克斯的对话，她也认为我应该找梁伯枢。

星期一早上，我重复了此前向亚历克斯求助的步骤。上课之前，我给梁先生发了一条消息，告诉他我将在当天晚些时候去找他，并说："到楼下后我再联系您。"到了国家外专局办公楼的大厅后，我给他发了一条信息。他回复："请稍等，我马上下来。"他到了楼下大厅，欢迎我的到来，并请我去他的办公室。一阵寒暄过后，我将话题转到公安局之行。当我将自己与绿卡服务台警官的对话告诉他后，梁先生轻轻地摇了摇头，表示那位警官的建议不可行。我又给他看了我在公安局得到的小册子，但这也没能改变他的看法。

"您应该得到一张绿卡，您会获得一张绿卡的。但这样做不行。您需要的是耐心，请稍安勿躁。"

"但是，公安局的警官说可以的，已经有一个日本人这么做了。而且，如果到时他们还说不行，至少我们已经尝试过了，我会接受结果的。"

"但是有 1000 人获得过'友谊奖'，为什么就你可以呢？"

"所以就让我们为所有'友谊奖'获奖者做这件事，我很乐意做第一个吃螃蟹的人。"

"你知道，落实这件事情需要时间。您只需要等待。"

"但我认为我们应该主动尝试。"

"这行不通。"

"有人告诉我，在中国我成为不了音乐家，但是我做到了！有人告诉我，在中国我出版不了书，但是我做到了！有人告诉我，我无法获得'友谊奖'（我停顿了一下，语气更加坚定），但是我做到了！在傅涵的帮助下，在您的帮助下，在您的同事和其他许多人的帮助下，我们已经完成了许多人认为无法完成的事。我现在需要的就是试一试。"

"请您耐心点儿，稍安勿躁。您也不是不了解情况。"

"您知道我们要做什么吗？去年，我和其他许多人都听了李总理的讲话。他说要尽快实施，他希望'友谊奖'的得主能获得绿卡。但是7个月过去了，什么也没有发生。我们要做的是使中华人民共和国总理的愿望成为现实。他说想增加一项绿卡资格类别，他说想让外国朋友在中国生活得更舒适、更安心，他说希望更多人来中国并在这里待更长时间。我们能做到的，我们要做的就是尝试。"

"我认为这事不是这么操作的，但我会和同事们商量商量，看看我们能做什么。"

"谢谢，我们所能做的就是试一试。"

兴奋与希望的气球再次鼓起。和他告别后，我向自己的住处走去，这时我接到一个电话，是傅涵打来的。

"嗨，我刚接到梁伯枢的电话，他跟我说了你俩见面的事，还说他认为不会成功的。"

"你是怎么回答他的？

"我的回答跟你对他说的一样，至少要试一试。然后他说他会尽力，有消息再联系我。"

第二天，梁先生给傅涵打来电话说："国家外专局将会处理这件事！我们向国家外专局上级提了两个问题：一是是否应该给所有"友谊奖"获奖者同时申请绿卡，还是先从马克开始，然后制定一个适合所有人的申请流程；二是应该由马克直接提出申请，还是应该由他所在的学校提出。他们会在一两天后给我们答复。"太好了！万事俱备，只欠东风！

两天后，傅涵接到国家外专局邱先生的电话。亚历克斯去伦敦后，邱先生接替了他的工作。邱先生说："我们将从马克的申请开始做起，然后以此为先例来处理其他'友谊奖'获奖者的申请。另外，需要马克先向中央民族大学提出申请，然后再由民族大学向外专局提出申请。"

傅涵把两人通话结果告诉我后，我约了民族大学国际合作处的凯文。之前我已经告诉凯文我想申请绿卡的事。我们最后商定，我来向学校国际合作处提交正式的绿卡申请，然后他会写一封推荐信，并将其转发给外专局。当时已经临近期末，每所大学都忙得不可开交，为这事凯文的暑假还被推迟了一两天。

收到民族大学申请书大约一个月后，邱先生拟定了国家外专局的申请，并提交给国家公安部。

2015 年 10 月，邱先生将公安部给北京市公安局的信的副本发给了傅涵，信中说我的绿卡申请已经获得批准，其后，北京市公安局会让我去提交相关资料。

傅涵联系了我们上次见到的那位肩上有三颗星的警官，这位警官曾跟我们说，如果需要帮助可以与他联系。尽管没有直接参与此过程，但他知道我的绿卡申请已被批准。他告诉傅涵，公安系统内部需要走一些程序，这些程序到他那里可能要花一些时间，但可以与他保持联系来了解进度。傅涵定期与他联系，2016 年 1 月份，他终于通知我可以去公安局的绿卡服务台了。

我约了凯文和我一道去。他帮我填写了一页纸的表格，然后提交了我的护照和外国专家证书复印件。我带了三张照片，但是需要再拍一张新的，因为该程序需要将我的照片传到网上。服务台的警官收下了所有资料，并表示会尽快与我联系，进行下一步。凯文给了警官他的电话号码，以便他们需要我提供资料时可以与他联系。

回去的路上，车开了大约 5 分钟，凯文的电话响了。"是公安局的电话。他们希望我们现在回去，需要补些东西。"凯文放下电话后说。我心里又开始忐忑。

掉头回来，停车，进入公安局大楼，到绿卡服务台，总共用了 15 分钟。除了要去收银台交 1500 元人民币来完成申请程序外，其他什么都不需要了。交完钱后，警官说："您现在需要做的就是等待绿卡制作出来。绿卡制作好后您就可以来取了。""多长时间能做好？""差不多 6 个月吧。"现在真的已经万事俱备了。这时候，我终于可以做到"稍安勿躁，敬候佳音"了。

2016 年 4 月 19 日，星期二，下午 1:30 左右，我的手机响了，来电是一个陌生号码。我接起电话，一个男人说着汉语。我听不懂他在说什么，但我确实听出他提到了我的名字马克力文，所以我知道这电话是打给我的。我立刻说："听不懂，我不说中文。"他放下电话，去找人帮忙。一名女士接过电话，确认了我是谁，然后说："您的绿卡已经准备好了，可以到公安局出入境处来取了。"我整个下午都有课，我告诉她明天去取。

太好了！之前说要等 6 个月的时间，但现在只用了 3 个多月。我打电话给傅涵，告诉她这个好消息，并请她第二天早上跟我一起去。这可是件大事，她欣然答应了。第二天，我们一起去公安局，取了我的绿卡，拿到后，我们立即拍了一张我手持绿卡的照片。从 2001 年中国开始为外国专家发放绿卡，到 2016 年我获得绿卡，中国一共发了约 6000 张绿卡。2016 年至 2018 年之间，由于实施了更方便、更快捷的绿卡申请政策，这一数字增长了近 50%。

绿卡在手，我开始联系一些我认识的其他"友谊奖"获得者，包括和我同时获奖，以及在我之前或之后获奖的人。我跟他们解释了绿卡申请的整个流程，有些人决定也去申请，不过有些人已经获得或正在等待批准。同时，只要政府发布有关绿卡的新闻，我就会成为许多媒体采访的"常客"，中央电视台、中国国际广播电台以及一些网络媒体都争相采访我。

由于技术和商业领域是"友谊奖"的获奖大户，因此，许多地区和部门都设立了专门的机构来处理绿卡的申请。例如，在号称"北京硅谷"的中关村地区设有专门的绿卡申请办事处，因为这里云集了众多高科技公司。我的朋友戴夫·埃（Dave Eby）是一个美国人，我们是在一场公众演讲比赛上认识的，他在安徽省当英语老师。他在发给我的短信中说："马克，我最近获得了安徽省'友谊奖'（指安徽省"黄山友谊奖"），刚才警官通知我去填写申请绿卡的相关资料。"这就是说，不仅中国政府"友谊奖"得主有资格获得绿卡，如今省级"友谊奖"获得者也有资格了。尽管"路障"清除过程中费了一些周折，但现在一切运转顺利。

刚拿到绿卡时，有人告诉我可以在中国境内很多地方使用它，比如住酒店、买飞机票、买火车票等。可能需要身份证的地方都可以使用绿卡，我不必再使用护照了。理论上是这样的，但实际上当时还未做到这一点。我发现，当我到了外地需要入住酒店时，有时我可以将绿卡作为身份证来使用，但有时不可以，因为有的酒店从未见过这种证件。我也无法用它来购买飞机票或火车票，主要问题是，绿卡无法像中国人持有的身份证那样可以刷卡。

在 2017 年初，政府宣布将发行一种名为外国人永久居留证的新式绿卡。旧卡和新卡之间的主要区别在于，新的证件内包含一个芯片，可以对其进行扫描，查看照片等关键信息。4 月中旬的一天开始，绿

《环球时报》（北京都市版）封面上手持中国绿卡的马克（2017 年）

唱响我的中国故事

卡持有者可以将旧卡换成新卡。那天我很忙，但第二天一大早我就头一个来到绿卡服务台排队。我填写了一页纸的表格，然后支付了300元人民币的费用，工作人员告诉我，新卡将在20个工作日内办妥。两个星期后，我接到公安局电话，通知我去取新卡，这让我再次感到惊喜。

外国人永久居留证的发行是一项重大进步。由于可以对其进行扫描，我现在在中国住酒店、买车票时都可以直接用它。虽然目前仍不能用它来乘坐国内航班，但毫无疑问，它的使用范围在一天天逐渐扩大。

2018年初，我从"他们帮助建立了新中国"系列讲座中的几位演讲者那里得知，基于他们父母在建立新中国的过程中作出过历史性贡献，而且他们已经在中国生活了这么长时间，政府也向这批人颁发了外国人永久居留证。

2018年春，上海市政府宣布进一步简化外国人永久居留证的申请流程。据《中国日报》报道，由国家或上海市人力资源管理部门，或国家外国专家局认定的外国高级专业人员可通过当地政府网站申请外国人永久居留证，并可在获得批准后的三个工作日内领取到证件！截至2020年夏，外国人永久居留证的发放量已经超过了1万张，其用途范围也在有条不紊地逐步扩大。

28 "中国梦"演讲比赛

2013 年 3 月 14 日,我正站在北京国家大剧院歌剧厅的舞台上,整个剧场座无虚席。人们来到这里庆祝中华人民共和国第一任总理周恩来诞辰 115 周年。我身后是一个乐团,为我及其他表演者伴奏。乐队背后的布景墙上是周总理的照片,三个红色大字"中国梦",以及一行白色小字"纪念周恩来诞辰 115 周年音乐会"。

2013 年 7 月 11 日,15 位外国专家参加了"邓小平'利用外国智力和扩大对外开放'重要谈话发表 30 周年座谈会",我是其中之一。这位中国前领导人在 1983 年的讲话中指出:

> "要利用外国智力,请一些外国人来参加我们的重点建设以及各方面的建设。对这个问题,我们认识不足,决心不大。搞现代化建设,我们既缺少经验,又缺少知识。不要怕请外国人多花了几个钱。他们长期来也好,短期来也好,专门为一个题目来也好。请来之后,应该很好地发挥他们的作用。过去我们是宴会多,客气多,向人家请教少,让他们帮助工作少,他们是愿意帮助我们工作的。"

在座谈会上,所有中外演讲嘉宾讨论了邓小平是如何使外国专家充分发挥作用的。其中一位发言者指出,20 世纪 80 年代,在中国的外国专家数量不到 1 万人,而到 2012 年,这一数字已达到将近 60 万。发言者们所讨论的话题还包括:中国为吸引外国专家都做了哪些工作;为了吸引更多或有更高技能的外国专家还需要做些什么;在过去的 30 年中,外国专家为中国作出了哪些贡献;外国专家将来可以为中国作出什么贡献等。每个发言者毫无例外地都将自己的发言与"中国梦"联系在一起。

那么,什么是"中国梦"?它为什么会引起人们如此广泛的关注呢?习近平主席在 2012 年 11 月底的一次讲话中首次提出了"中国梦",

马克在北京国家大剧院为纪念周恩来诞辰 115 周年表演（2013 年）

从此这一词汇开始在全国广泛传播，深入人心。那时他刚被选为中共中央总书记，2013 年 3 月正式担任中华人民共和国国家主席。在北京国家博物馆举办的"复兴之路"展览上，习近平主席指出，近代中国最大的梦想就是"实现中华民族的伟大复兴"。

6 个月后，中国发行量最大的英文报纸《中国日报》报道："中国梦"已成为媒体甚至教科书中最常用的短语之一。正如哈佛商学院副教授克里斯·马奎斯（Chris Marquis）和助理研究员杨佐伊（Zoe Yang）所说的那样，"中国梦"一词一经提出，就在中国各地广为流传，并得到广泛接受，这在近代史上是绝无仅有的。这一词汇不仅在各种演讲比赛上常能听到，也频繁见诸于许多论坛。马奎斯和杨佐伊还对中国 2012 年 11 月至 2013 年 5 月新浪微博上发布的帖子进行了分析，他们发现："截至目前，浏览次数最多的，是那些从改善整个中国社会出发，对'中国梦'进行解析的帖子，例如，解决不平等问题，确保所有人接受免费教育，提高食品、空气和水的质量的帖子。"

然而，广义的"中国梦"是什么或者应该是什么？"中国梦"应该针对个人还是中国这个整体？它意味着"我的家庭不再贫穷"还是"每个人都摆脱了贫困"？是"实现我自己的梦想"还是"每个人的梦想都可以实现"？抑或是"整个中国社会在一定程度上实现了安居乐业，所有人的福利和安全得到保障"？对于这些问题，我发现其实每个人都有各自不同的见解。

"我有一个梦想，有一天，建筑工人筋疲力尽时可以睡在一张床上，街头清洁工人们可以在一张干净的桌上吃午饭；我有一个梦想，有一天，那些致力于改善每个人的生活环境、为城市作出巨大贡献的善良的人们，可以在其他人的理解和尊重下生活；我有一个梦想，有一天，贫穷不会成为辍学的原因，城市和农村学生都能使用上一样先进的教学设备，每个学生都能享有平等的教育机会……"

上面这段话节选自中央民族大学社会学专业大四学生孙晓阳的一次演讲。当时也是 2013 年，孙晓阳在临近毕业时参加了一场以"我的中国梦"为主题的大学生英语演讲比赛，并进入了比赛的最后一轮。2020 年秋，晓阳在美国获得硕士和博士学位后，来到浙江省一所师范学院，开始了自己的教师生涯。将来有一天，她的许多学生也会像她一样成为教师，为实现和她一样的梦想而奉献。

在其他学生的演讲中，有的从小的方面出发，梦想实现自己的职业追求、到某个地方去旅游、中国足球早日赢得国际比赛等，有的则从大的方面出发，梦想改善自然环境、提高教育质量、促进教育公平、保障农民工及其家庭的权利、关爱留守儿童等。

2013 年 7 月末，中央民族大学国际合作处的凯文打电话告诉我，国家外国专家局正在找两位母语是英语的老师，担任他们将在一周后举办的内部员工英语演讲比赛的评委。演讲比赛的主题是"OEI，我的'中国梦'"。一周后，我来到国家外专局的英语比赛现场时，才理解 OEI 原来是"外国专家引进"（Overseas Expertise Introduction）的英文缩写，它是由邓小平在 30 年前提出的。

与学生们关注的话题不同，国家外专局的演讲者们明显更加关注如何将外国人才引进来，以协助中国未来的共建这个问题。例如，在参赛的 18 名选手中，有我之前就认识的两位，其中一位是林瑶。她谈到自己一直以来的梦想：成为中外文化交流的使者，让更多的外国人认识中国，了解这个有着五千年光辉历史和灿烂文化的国家。她说："在国家外专局工作的 4 年中，我认识到自己的梦想正逐步成为现实。"同时她还提到到："全球智慧的引入与'中国梦'的实现始终是一致的"。

另一位选手李艺雯说："外国专家在中国取得巨大成就的过程中发挥了重要作用。外国朋友，包括在中国工作的外国专家，是中国与外界联系的桥梁和纽带。"最后，李艺雯说："'中国梦'不是一句冠冕堂皇的口号，它不只是来自政府，更属于每个普通人。"

我曾读过一篇令我深有同感的有关"中国梦"主题的文章，它讲述的是"痴人"摇滚乐队的故事。文中提到乐队的梦想是"以现代方式展示中国传统音乐"。他们认为："中国音乐人应该承担起基于自己的理解，向世界展示具有中国特色优秀音乐的责任，而不应盲目模仿外国的东西"。

还有一篇十分有趣的关于"中国梦"的文章，讲述的是一个名叫"中国甘瑟"的人的故事（甘瑟，美国情景喜剧《老友记》中一个角色的音译名，在中国很受欢迎）。"中国甘瑟"是一个咖啡店老板。他有两家咖啡店，一家在北京，另一家在上海，名字都叫"Central Perk"，与《老友记》中的甘瑟经营的咖啡店同名。"中国甘瑟"的咖啡店里的女服务员名字都叫"瑞秋"（《老友记》中另一角色的名字）。将《老友记》中的咖啡店搬到现实生活当中，就是"中国甘瑟"的"中国梦"。

此外，我还想分享一个在中国实现了自己梦想的美国人的故事。他的梦想或许不是我们那时常说的"中国梦"，但却是世界上许多人的梦想。当然，其中也包括许多中国人。大多数熟悉 NBA（美国国家篮球协会）和 CBA（中国男子篮球职业联赛）的人都知道他，而我直到 2019 年与他见面时，才对他的故事有了更加全面的了解。

"老书虫"是北京东边一个书店的名字，这是一个传奇的场所，以其读书会、喜剧之夜、小型音乐会、借阅图书馆、餐馆、酒吧和书籍等特色活动和产品而广受中外读者的青睐。书店里的大部分书籍是有关中国的进口英文书。2018 年，我在这里举办了一场分享我的中国音乐故事的音乐会。第二年，傅涵受邀来这里担任"How China Works"直播播客的演讲嘉宾。她的演讲从播放伊莎白·柯鲁克的传记纪录片《西方女人类学家的中国记忆——伊莎白·白鹿顶》开始，然后她讲述了拍摄该纪录片的过程。令在场听众感到惊喜的是，当天晚上，103 岁高龄的伊莎白作为特邀嘉宾也来到了现场。

2019 年初，由于所在建筑的设施问题导致无法续租，"老书虫"书店得知他们将不得不在 11 月底之前撤店。其一年一度的"国际文学节"，也在这年 3 月下旬迎来最后一届。这次活动请来的一位重量级嘉宾，使得整个现场座无虚席。他就是前 NBA 球员——斯蒂芬·马布里（Stephon Marbury）。自 2011 年来到中国以来，他被许多中国人，尤其是北京人视为英雄。我当时一看到他的演讲宣传海报就立刻买了票。

从这位出生于布鲁克林的篮球运动员在 NBA 头几年的表现可以看出，他注定将有一番作为。但是，在为 NBA 多个球队效力共 14 年之后，他的"星布里"（Starbury）绰号开始变得黯淡无光，人们对他灿烂职业生涯的期望也灰飞烟灭。

当时中国有一些球队邀请他来，他决定试一试。他在 2020 年的播客采访中曾谈到，当时来中国打球，一方面是因为没有 NBA 球队再与他签约，另一方面是因为父亲的去世令他陷入了悲伤。

马布里先是来到山西太原打球，然后去了广东省佛山市，不久后又来到了北京。他与"北京鸭队"（北京首钢篮球队，其吉祥物是鸭子）

一起创造了历史，不仅赢得了北京首钢有史以来第一个 CBA 总冠军，还在接下来的 3 年里又拿了两个总冠军。

"我接到了凯文·麦克海尔（Kevin McHale，当时休斯顿火箭队的教练）方面的电话。他们邀我回去为火箭队效力。"而与此同时，北京首钢宣布，如果有 100 万人签署请愿书，他们将为马布里建造一座雕像。马布里说："谁会离开一个能让他名垂不朽的地方？我是一个来自康尼岛的黑人，而现在生活在这样一个神奇的地方，我别无所求……"

当有人问他，如果重来一遍，你是否会做出与现在不同的决定时，马布里的回答是坚定的："绝对不会的。我现在生活在一个有着 14 亿人口的国家，这里有两座我自己的雕像、一个博物馆、一张绿卡。我居住的北京是世界上人口最多的城市之一，我在这里过得很好。我是得到上帝眷顾的人，上帝赠与我的远远超过我自己的想象，所以我很满足。"

他在中国得到的还不止这些。如今，曾经的"星布里"又回来了，"星布里"不仅是他的绰号，而且也是他创立的运动品牌。在美国打球时，他就一直想生产一款贫困儿童买得起的篮球鞋，而不是售价在 100 美元以上昂贵的球鞋。就像他的篮球生涯一样，他推出的售价为 15 美元的篮球鞋在市场上一举成名。"我来中国想打篮球，同时还想创立自己的品牌。我有机会在这里打造自己的平台，在这里的工厂生产运动产品，然后把它们发到美国，美国有很多公司愿意购买。中国一直是我的福地。"

马布里的篮球运动员生涯在他刚满 40 岁时画上了句号。他成为北京"御林军"（北控篮球队）的教练。"御林军"是北京的另一支 CBA 球队，2017 年至 2018 年赛季，他曾在这支球队效力，这也是他作为球员效力的最后一支球队。他曾开办篮球夏令营、创办学校、为白血病患者筹集资金等。

2015 年，马布里被评为十大"北京榜样"。他说他有两个故乡——纽约和北京。2020 年，为了帮助纽约布鲁克林区抗击新冠肺炎疫情，他直接与该区政府联系，捐赠了 1000 万个口罩。

29 非洲兄弟

"在北京学习一年后，我从大学校园搬到北京胡同里住。胡同里有窄窄的街巷，街巷两边是四合院。这里生活着许多上了年纪的中国人，当我在胡同里四处闲逛时，许多老人会和我打招呼，问我是从哪里来的。每当我回答'南非'时，得到的回应总是灿烂的笑容和温暖的问候，他们会叫我'非洲兄弟'。这个词使我感受到非洲与中国人民之间源远流长的友谊，这一悠久历史的遗产可以追溯到我父辈那一代。"

讲话的人叫鲁约洛·西贾克（Luyolo Sijake），2013年他第一次从南非开普敦来到中国。说到"非洲兄弟"这个词的来历，他解释道："尽管上世纪70年代的南非种族隔离政府不支持联合国第2758号决议，反对恢复中华人民共和国在联合国的合法席位，但仍有26个非洲国家表示支持。毛泽东当时便使用了'非洲兄弟'一词，中国人、特别是岁数大的中国人仍记得这事。"

2016年至2018年，鲁约洛在北京大学攻读硕士学位，主修经济管理学，目前在一家跨国咨询机构工作，为有兴趣在其他国家发展业务的中国公司，以及寻求在中国发展业务的外国企业提供帮助。他说："我打算在中国再待一年，但最终我还是想回到非洲，可能不是南非。我想为拓展中国与非洲其他国家之间的连系做一些力所能及的事。"

那是在2018年春，原来的中央电视台、中国国际电视台、中央人民广播电台、中国国际广播电台合并组建成了新的中央广播电视总台。几年前，中国国际广播电台曾拍摄过关于我的纪录片，当时采访过我的记者秦梅于2018年再次联系我，告诉我中国国际广播电台的手机应用程序China Plus正在组织一项特别活动，以纪念南非共和国与中华人民共和国建交20周年。活动的名称叫"我的中国－南非故事"，参与节目的中国人和南非人将分别讲述自己的故事。他们希望我能去演播室为这些演讲者进行指导。

和傅涵、秦梅讨论之后，我同意了参加这项活动。在秦梅联系我

"我的中国 - 南非故事"活动现场
（2019 年）

的第二个周六，我来到中国国际广播电台大楼。首先，我同参与"我的中国－南非故事"演讲的 3 个南非人和 4 个中国人见了面。然后快速浏览了一遍每位演讲者的文稿，并提出一些修改建议。在接下来的几个小时中，每位演讲者进行了多次排练，我又给他们每个人提了更多建议。第二天，我再次来到电台大楼，协助演讲者们进行排练和录音。

除了帮助他们为节目做准备之外，我还借机与南非人分享了我自己的一些"南非故事"。20 世纪 80 年代末和 90 年代初，我认识了许多南非人，他们大多是在旧金山湾区学习的非洲人国民大会（ANC）成员，包括林迪韦·马布扎（Lindiwe Mabuza），他在种族隔离政府倒台之后当选为南非议会议员，后来还担任过南非驻德国大使。大约 30 年前，我还与现任南非总统西里尔·拉马福萨（Cyril Ramaphosa）见过两次面，大家听了这些故事都觉得简直不可思议。

节目录制完大约一个月后，整个系列在南非国家电视台播出，不久后又被上传到 China Plus 网站。正是通过这个节目，我认识了鲁约洛，并听说了他的一些故事。几周后，我们再次相约见面时我才了解到，鲁约洛谈话中所使用的"遗产"及"我父辈那一代"，不只是一种修辞手段。

"我父亲 15 岁时加入了非洲人国民大会，成为反对种族隔离政权的斗士。两三年后，他被编入非洲人国民大会的一支军事分队，参加了"民族之矛"组织的训练。后来，他去了坦桑尼亚，又去了非洲内外的其他国家。有时，父亲和他的同志们聚在一起缅怀过去。随着他们一天天变老，我担心这些故事会随之消失，所以开始拍摄他们。

父亲讲过一个故事，有一次他们驾驶的全地形越野车遭到敌人蓄意破坏，车的后轴脱落了，就说需要找人来修理这辆'周恩来'。周恩来？听到父亲用中华人民共和国第一任总理的名字命名一辆车，我感到十分诧异。父亲解释说，在与种族隔离政府斗争时，周恩来总理曾予以他们支持。在中国当时援助的物资里，有大量这种越野车，但当时没人知道它们叫什么，因为车身上写的都是汉字。他们知道周恩来，于是干脆就叫这些车'周恩来'……后来，父亲在罗本岛被捕入狱，在种族隔离政府倒台后才被放出来。再后来他参了军，有机会到过中国几次。谈到自己在中国的经历时，父亲仍一脸温暖。"

1949年10月1日，中华人民共和国宣布成立。一方面，中国一直努力与其他国家建立友好关系；另一方面，中国也一直努力获得其在联合国的合法席位。但美国及其盟国的反对使得中国迟迟无法如愿。结果，逃到中国台湾岛上的国民党政府获得了联合国的承认。直到1971年，随着联合国大会第2758号决议通过，中华人民共和国才被认定为中国的唯一合法代表，并获得其在联合国大会和安全理事会中应有的席位。

在此8年前左右，也就是1963年底，周恩来总理访问了非洲10个国家，并且提出了中国支持非洲和阿拉伯国家的和平共处五项原则：

（1）支持非洲和阿拉伯各国人民反对帝国主义和新老殖民主义、争取和维护民族独立的斗争。

（2）支持非洲和阿拉伯各国政府奉行和平中立的不结盟政策。

（3）支持非洲和阿拉伯各国人民用自己选择的方式实现团结和统一的愿望。

（4）支持非洲和阿拉伯国家通过和平协商解决彼此之间的争端。

（5）主张非洲和阿拉伯国家的主权应当得到一切其他国家的尊重，反对来自任何方面的侵犯和干涉。

在1963年至1964年的非洲之行期间，周恩来又提出了中国对外经济技术援助的"八项原则"：

（1）中国政府一贯根据平等互利的原则对外提供援助，从来不把这种援助看作是单方面的赐予，而认为援助是相互的。

（2）中国政府在对外提供援助的时候，严格尊重受援国的主权，绝不附带任何条件，绝不要求任何特权。

（3）中国政府以无息或低息贷款的方式提供经济援助，在需要的时候，延长还款期限以尽量减少受援国的负担。

（4）中国政府对外提供援助的目的，不是造成受援国对中国的依赖，而是帮助受援国逐步走上自力更生、经济上独立发展的道路。

（5）中国政府帮助受援国建设的项目，力求投资少，收效快，使受援国政府能增加收入，积累资金。

（6）中国政府提供自己所能生产的、质量最好的设备和物资，并且根据国际市场的价格议价。如果中国政府所提供的设备和物资不合乎商定规格和质量，中国保证退换。

（7）中国政府对外提供任何一种技术援助的时候，保证做到使受援国的人员充分掌握这种技术。

（8）中国政府派到受援国帮助进行建设的专家，同受援国自己的专家享受同样的物质待遇，不容许有任何特殊要求和享受。

2012 年，时任美国国务卿的希拉里·克林顿（Hillary Clinton）对十几个非洲国家进行了访问。访非期间，她多次对中国与非洲间的贸易，以及中国为非洲提供援助的动机进行无端指责。在此 3 年前，中国就已超过美国，成为非洲大陆最大的贸易伙伴，因此，她的主要目的似乎只是试图限制中国在非洲的影响力和商机。

2017 年，我结识了扎卡里亚·米杰托（Zakaria Migeto），一位在中国攻读社会学博士学位的坦桑尼亚留学生，他与我住在中央民族大学同一座公寓楼里。有一次我从他在微信朋友圈里分享的照片得知他刚从坦桑尼亚回来，便问他最近在做什么。"我目前在写有关中非历史关系的文章，"扎卡里亚迅速回复道。

过去，我在中央民族大学还认识了一些来自非洲其他国家的留学生，还有我在中国科学院大学、中国人民大学、北京工商大学兼职授课时教过的许多来自非洲各国的留学生。2017 年 6 月，美国有线电视新闻网发布一篇题为《非洲学生为什么放弃美国而选择中国》的文章称，截至 2017 年，在中国各地高校中，有 13% 的留学生来自非洲，而在 2003 年这一比例仅为 2%。该报道还说，在不到 13 年的时间里，在华的非洲留学生人数增长了 26 倍，即从 2003 年的不到 2000 人，上升到 2015 年的近 50000 人。根据联合国教科文组织统计研究所的数据，美国和英国每年接纳约 40000 名非洲留学生。2014 年，中国接纳的非洲留学生超过了这一数字。中国成为非洲留学生选择的第二大热门目的地，仅次于法国的 95000 人。

一些非洲学生只是被中国教育的低成本所吸引，而另一些看中的则是中国潜在的商机。在 2015 年"中非合作论坛"峰会上，中国承诺到 2018 年将向非洲留学生提供 3 万个奖学金名额。另外，上述报道还称，根据中国的签证规定，大多数国际留学生在完成学业后不能留在中国。如此一来，在中国接受过教育的新一代非洲人返回故土的概率增大，他们可将自己所学新知识、新技能带回祖国、发展祖国，避免了本土人才的流失。这与法国、美国、英国等的留学政策是迥然不同的。

留学生奖学金的形式多种多样。仅中国政府奖学金一种就包含了七个项目，扎卡里亚就是通过其中的一个项目资助来到中国学习的。中国近 280 所大学都会向留学生提供全额或半额奖学金，本科生、研究生甚至学者都有资格申请。此外还有"一带一路"奖学金等。

鲁约洛选择的是另一种方式。他说："在高中的最后一年，我发现一个朋友在学习中文。他听说过孔子学院，想到那里学习。孔子学院的人告诉他，如果他能找到更多的人来学习，学院会为他们单独开设一个班。我当时没什么兴趣，但他最后说服了我。结果，孔子学院让我眼界大开。我喜欢在这里上课，喜欢这里的老师。"

孔子学院是中国教育部成立的非营利组织，其重心是促进外国人对汉语语言和中国文化的学习。世界各地有近 500 所孔子学院，其中大多数与外国大学合作办学。截至 2018 年，非洲共有 48 所孔子学院。吴林是南非德班理工大学孔子学院中方院长，我是通过 China Plus 组织的活动认识他的。在讲述自己的"中国 - 南非故事"时，他说："随着南非和中国之间的关系越来越近，许多南非人，尤其是年轻人，越来越渴望了解中国，他们对中国文化以及汉语都产生了浓厚兴趣。"

鲁约洛第一次来中国，是为了参加位于广东省广州市的中山大学夏令营活动，该大学与他获得学士学位的开普敦大学之间有联系。"我首次来中国，在广州感受到的热情，丝毫不逊于后来在北京感受到的，它远远超出了我的预期。当时我就知道，如果有机会，我肯定会回来的。2014 年，我决定参加第 13 届'汉语桥'世界大学生中文比赛，决赛举办地在长沙，我接触了来自世界各地的人们，并获得了一个学期的奖学金和机票，这样，我就可以来中国学习汉语了。"

"汉语桥"是孔子学院举办的演讲和表演比赛，每年一次，学院的学生都可以参加。来自世界各地孔子学院的优胜者被邀请来中国参加在长沙举行的决赛。长沙是湖南省省会，也是湖南电视台所在地，比赛是在这里拍摄和播出的。我自己的"汉语桥"经历是在 2012 年，当时，我受邀以嘉宾的身份在开幕式上演唱，与一个美国人和一个韩国人合唱了一首《对不起，我的中文不好》。

鲁约洛继续回忆："大学毕业后，我从事了一段时间的金砖五国（巴西、俄罗斯、印度、中国和南非这五个主要新兴国家经济体的合称）研究工作，并再次来到中国……我决定使用'汉语桥'的奖学金，申请去北京大学读书，最后被录取了。那时我过得很开心，这是一次非比寻常的经历。2015 年中非合作论坛召开之际，第 14 届'汉语桥'比赛的复赛在北京举行，我一路过关斩将进入了决赛，并获得了二等奖，同时又获得了半年的奖学金。"

伊恩·古德鲁姆（Ian Goodrum）是一个美国人，他在中国日报网（中国主要的英文报纸网站）工作。我第一次见到伊恩是在北京紫禁城旁的中山公园音乐堂外。当时，我俩都刚刚参加完中国爱乐乐团"五一"（国际劳动节）音乐会（2018），这场音乐会由国家外国专家局主办。散场时，伊恩看到我在等朋友的样子，便走过来问："你是马克力文吗？"得到肯定回答后，伊恩介绍了自己，并解释说："我的一位同事跟我说起过你，并说我俩可能有一些共同之处。"我们互相加了微信，并约定在将来某个时候再见面。此后我们保持着微信联系，几个月后才真正又见了面。

伊恩在多家报社任过职，写社评的能力很强。因此，除了做文字编辑外，他还经常为中国日报网撰写评论文章。见面时，我跟他讲了最近与鲁约洛·西贾克的交谈，还有鲁约洛讲的"非洲兄弟"故事，进而开始讨论中非关系，特别是西方对中国与非洲关系的诟病，包括希拉里·克林顿的评论，以及美国前国务卿蒂勒森（Rex Tillerson）在 2018 年对中国与非洲关系的批评。伊恩说："最近我在推特上发了一个帖子，写道中国当下的援助政策与周恩来的对外援助'八项原则'仍保持着高度一致。其实，中国以外的很多人都不了解，那些所谓的'批评'都是基于意识形态而非事实。"

在伊恩推荐我阅读的一些文章中，我最感兴趣的是约翰斯·霍普金斯大学（The Johns Hopkins University）国际问题高级研究学院非洲研究所所长德博拉·布劳蒂加姆（Deborah Brautigam）教授写的一些具有挑战性的文章，她主要抨击了西方国家针对中国援助非洲背后的意图的不实之词。2015 年，她在《外交政策》杂志上发表的一篇文章中，提到习近平主席刚刚结束的非洲之行。文章指出，习近平承诺提升中非关系，促进彼此互利，并宣布 3 年内提供 600 亿美元用于支持非洲的发展项目。在题为《关于中国对非洲投资报道的五大误区》一文中，她建议，有关中非洲关系的报道应附上警示性标签"请读者有保留地阅读"，因为其中可能包含许多不实之词。她还总结了这类报道中最危险、最持久的五大误区，媒体的确在日复一日地重复着这些不实言论：

误区一：中国只想获取非洲的自然资源。布劳蒂加姆指出，尽管非洲丰富的自然资源吸引了中国，但这些资源也同样吸引了西方。事实上，中非在 2014 年签订的 700 亿建设合同，不仅将为非洲提供至关重要的基础设施，还将为当地创造大量就业机会，提高当地的劳动力技能。

误区二：中国对非洲和其他发展中国家提供天价援助资金。这一被夸大的数字所产生的问题是，它给人造成了一种错误的假象，使人们认为，这些债务会使非洲国家最终成为中国的附庸。而从 2010 年

马克担任"汉语桥"大赛开场表演嘉宾（2013 年）

到 2012 年的三年中，中国对这些发展中国家提供援助的总额不到 150 亿美元，而并非许多人以为的，仅 2011 年的援助总额就接近了 1900 亿美元。

误区三：大量中国工人涌入非洲抢夺就业市场。2015 年 7 月，在非洲大使的集会上，奥巴马（Obama）总统警告与会者，在基础设施建设中不要使用外国劳工。他虽未提中国的名字，但每个人都知道他说的是谁。布劳蒂加姆指出，事实上只有少数几个石油资源丰富的国家允许中国建筑公司带来中国自己的工人，而她和其他人的研究表明，在非洲大部分地区，绝大多数工人都是当地人。

误区四：中国融资本身就是获取石油和矿产的工具。布劳蒂加姆认为，她自己的研究数据未能证明中国的援助与采矿或石油特许权有直接的关联。

误区五：中国正在实行对非洲土地的控制。持这种说法的人甚至暗示中国有意派自己国家的农民去非洲种植粮食。布劳蒂加姆对 12 个非洲国家的 60 多个与中国农业投资相关的案例进行了为期 3 年的调查。首先，她发现中国实际上只使用了非洲 70 万英亩的土地，而非一些批评者声称的 1500 万英亩。其次，的确有中国人在种植当地市场所需的农作物——但他们仅有几十个人。因此，这种说法不成立。

伊恩·古德鲁姆解释，自 2013 年"一带一路"倡议宣布以来，西方有人大肆宣扬其为"新殖民主义"或"帝国主义"。但伊恩认为："非洲人民有权选择自己的发展道路。过去，尽管有西方所谓的'援助'，非洲国家仍经历了长期的经济危机和萧条，现在，在中国的帮助下，非洲正沿着不同的道路前行。"

2018 年 9 月初，在北京举行的中非合作论坛上，非洲国家领导人专门针对此说法阐述了自己的观点。大会联合主席、南非总统西里尔·拉马福萨（Cyril Ramaphosa）认为，中国在帮助非洲大陆发展，而非实施所谓的殖民主义。他指出："中国是非洲国家实现非洲联盟《2063 年议程》可信赖的伙伴。这一议程是指导非洲 50 年发展计划的战略框架。"

也是在这次会议上，中国国家主席习近平提出了中国在处理非洲事务时应坚持的"五不"原则。这些原则继承了 50 多年前周恩来提出的对外援助"八项原则"，可作为发展中非关系的指导方针。

（1）不干预非洲国家探索符合国情的发展道路。
（2）不干涉非洲内政。
（3）不把自己的意志强加于人。
（4）不在对非援助中附加任何政治条件。
（5）不在对非投资融资中谋取政治私利。

显而易见，今天，中非之间的兄弟情谊更加坚定、坚实。未来，通过双方共同的努力，这种情谊会更加深厚。

"如果你遇到麻烦，或受到伤害，或有求于人，去穷人那里。他们是唯一可以帮助你的人，是的，唯一的。"

上面这句话引自约翰·斯坦贝克（John Steinbeck）的著名小说《愤怒的葡萄》。小说讲的是 20 世纪 30 年代，在美国中西部一些州发生了一次严重的沙尘暴，灾难导致许多家庭农场倒闭或被银行收回，许多农民背井离乡，流离失所。在美国做社区义工组织者的 30 年里，我经常与贫困和低收入工人及其家人打交道。在需要帮助时，腰缠万贯的人或许愿意慷慨解囊，而那些囊中羞涩的人虽不能分享什么钱财，但他们通常会予以更多同情，也更愿意在力所能及的情况下助别人一臂之力。2020 年 1 月 8 日，在北京语言大学听到的一段谈话，又让我想到了斯坦贝克的这句名言。

"读硕士期间，我的父亲去世了，这影响到了我的学业，因为我无法继续支付学费。我的老师没有袖手旁观，她给大学相关部门写了一封信。大学对我的情况进行了调查，并免除了我的学费。我问那位告诉我这个好消息的女士，学校为什么会免除我的学费。她说：'根据你的情况，把你送回家（尼日利亚）不是正确的选择，我们应该向你表示同情才对。'听到她的话后我哭了……只有经历过我当时处境的人才能理解我的感受。"

说这话的人是伊诸伦·迈克尔·米切尔·奥莫瑞（Ehizuelen Michael Mitchell Omorui）博士，我们是在北京语言大学"一带一路汉学学术共同体"专家会上认识的。迈克尔（他这么称呼自己）是浙江师范大学非洲研究院尼日利亚研究中心的执行主任。

迈克尔于 2007 年秋天抵达中国。他的首个目的地是中国东部的福建省，就在他目前所在的浙江省的南部。一开始，他在厦门大学攻读中国政治经济学硕士学位。拿到硕士学位后，迈克尔继续留在厦大读书。获得世界经济学博士学位后，迈克尔来到浙江师范大学，从事他当前的研究工作。2017 年，迈克尔于发表在《中国日报》上的一篇文章《赋予我力量的东方之行》中讲述了自己的故事，他还写道："中国经历过痛苦的挣扎和贫穷，他们更能理解我的处境并愿意施以同情。今天的中国仍在通过帮助发展中国家重塑经济，向世界展示着这种同情心。"

后来，迈克尔又在《中国日报》上发表了另一篇评论文章《相互交织的梦想——共同发展》，正是这一篇文章，激发了他创立"一带一路汉学学术共同体"的灵感。在"一带一路汉学学术共同体"

专家会议上，迈克尔指出，中国的成长和发展令整个非洲欢欣鼓舞。他认为，许多非洲国家希望借鉴中国的经验，特别是在中国扶贫以及经济可持续发展领域。在援助非洲方面，中国乐于分享自己的经验，同时也愿意分享自己的资源。

伊诸伦•迈克尔•米切尔•奥莫瑞博士（2019 年）

有趣的是，迈克尔还向我讨论起了"非洲梦"的理念。他认为，与"美国梦"相比，"中国梦"更接近于"非洲梦"的内涵。他说："'美国梦'的关键在于，它可以为你提供一些已有的东西；而'中国梦'的关键在于，它不仅可以为你提供已有的东西，还可以让你有机会创造自己梦想的东西。"

他继续说道："'中国梦'为人们勾画出一个'共同进步'的愿景，它所追求的目标正是非洲国家要努力实现的：经济增长、减贫和实现可持续发展。此外，'中国梦'和'非洲梦'的初衷都是为了和平。中国和非洲国家都曾经历过帝国主义和殖民主义的压迫，双方都将和平视为无价之宝，并不遗余力地追求和平发展的道路。中非有着共同的理想、相似的历史经验以及共同的发展需求，都渴望寻求稳定与和平，并为建立持久和平、共同繁荣的和谐世界做出努力。"

那么，中国是如何看待非洲的呢？如果用一个词组来概括迈克尔的理解，那就是"非洲兄弟"。

"非洲兄弟"这个词的含义也可以用玛丽亚·凯克（Mariatu Kargbo）的故事来诠释。玛丽亚是 2009 年的"塞拉利昂小姐"和"世界小姐最佳才艺奖"的获得者，同时也是一名歌手和舞蹈演员，我们是通过音乐认识的。那是大约 10 年前，我们首次同台演出，参加在中国各地区进行的巡回音乐表演。2015 年，在北京的一场表演活动中，我担任了她的助演嘉宾。

　　在中国，她被亲切地称为"玛丽亚"，她能说流利的中文，她的英文和中文双语演唱均广受欢迎。玛丽亚参加过《星光大道》才艺秀，演唱了自己的歌曲《嫁给中国男人》。

　　玛丽亚还获得了萨拉里昂政府颁发的荣誉奖章，并被任命为"中国文化大使"。她说："我的梦想是，将非洲和中国的文化遗产结合在一起，促进社会和谐。"为了实现这一梦想，玛丽亚不仅做了一名艺人，而且参与各种公益活动。2008 年四川汶川地震发生后，玛丽亚离开北京，到四川参加地震救援，组织了捐款和捐物活动，以解受灾者的燃眉之急。那一年，按计划，她要回国参加"塞拉利昂小姐"比赛，但为了去灾区赈灾，她取消了原来的行程。同样，她也为塞拉利昂的学校建设伸出援助之手，并通过在中国举行音乐会筹集的资金，帮助塞拉利昂、几内亚和利比里亚等国抗击埃博拉病毒。

　　在别人需要的时候伸出援助之手是玛丽亚的天性。新冠肺炎疫情爆发后，玛丽亚帮助组织抗疫物资的运输，并与当地中国人一起帮忙分发口罩、测量体温等。

　　迈克尔和玛丽亚的故事告诉我们，"中国梦"不仅仅是中国人的梦，而且也是非洲人的梦，更恰当地说，两者都可以叫做"人类的梦"，即创造一个和平与理解、交流与合作的世界。

30 一些关于"一带一路"倡议的看法

　　我记得 20 世纪 60 年代初，每当我们一家人共进晚餐，妹妹或是我抱怨"我不想吃菠菜罐头，我不喜欢"时，妈妈总是语气坚定地说："不行，你什么都要吃。知不知道，中国的孩子正在挨饿。"这不仅是我的母亲，也是许多美国父母哄孩子吃饭的方式。许多年以后我才了解到，在 1959 年至 1961 年中国的"三年困难时期"，确实有许多中国人在挨饿。

　　我曾多次去傅涵在湖北农村的老家，和她的父亲聊起那个时期。他比我小几岁，感受过忍饥挨饿的滋味。那时候他还是个小学生，经常要吃树叶甚至观音土来填饱肚子。我好奇造成饥荒的原因，傅承德说人们对这个问题众说纷纭，而他认为，首要的也是最重要的原因是，当时世界不接受中国，世界在中国迫切需要帮助的时候袖手旁观。

　　1971 年，中华人民共和国重返联合国。从那时起情况开始好转，中国从友好国家那里得到了一些援助。但这些援助是远远不够的，中国还需要更多改变。1978 年，邓小平提出了改革开放政策。如今，改革开放政策已经实施 40 多年，中国发生了翻天覆地的变化。别的不说，中国现已成为世界第二大经济体。有调研称，中国即将超越法国，成为世界第一大旅游目的地。

　　用傅承德的话说，中国发生了沧海桑田的巨变，但世界也在变。40 年前，中国需要改革开放；今天，世界上战争和冲突、贫困和饥饿仍然存在，真正需要改革开放的是整个世界。

　　2013 年 9 月 7 日，中国国家主席习近平在哈萨克斯坦首都阿斯塔纳发表了讲话："2100 多年前，中国汉代的张骞肩负和平友好使命，两次出使中亚，开启了中国同中亚各国友好交往的大门，开辟出一条横贯东西、连接欧亚的丝绸之路……"同时，习近平主席还在这次讲话中首次提出共建"丝绸之路经济带"。

　　在纳扎尔巴耶夫大学（Nazarbayev University），习近平主席介绍了他的"新丝绸之路"构想。最初的名字叫"'一带一路'——丝绸之路经济带和 21 世纪海上丝绸之路"，后来更名为"一带一路"倡议。正如习近平主席解释的那样，"一带一路"倡议是"为了使我们欧亚各国经济联系更加紧密、相互合作更加深入、发展空间更加广阔，我们可以用创新的合作模式，共同建设'丝绸之路经济带'。这是一项造福沿途各国人民的大事业。"习近平主席指出共建"丝绸之路经济带"可以从以下五个方面先做起来："第一，加强政策沟通。第二，加强道路联通。第三，加强贸易畅通。第四，加强货币流通。第五，加强民心相通。"关于民心相通，习近平主席特别指出："国之交在于民相亲。搞好上述领域合作，必须得到各国人民支持，必须加强人民友好往来，增进相互了解和传统友谊，为开展区域合作奠定坚实民意基础和社会基础。"

　　当我问及对"一带一路"倡议的看法时，傅承德说："一方面，中国发生了变化；另一方面，中国在世界上的地位也发生了变化。如今，中国可以率先垂范，通过资源拓展和技术创新，创造开放性世界，为世界带来亟需的改变。"在他看来，40 多年前，中国开始了改革开放，而"一带一路"倡议是这一进程的延续，是万里长征迈出了新的一步。

　　我认识周明扬的时候，她还是中央民族大学的一名本科生，主修新闻记者专业。她在演讲比赛和辩论比赛中表现得很活跃。私下里，我经常作为她的"私教"，帮助她进行一些练习。本科毕业之后，周明扬考入了中国人民大学读研究生，继续主修新闻记者专业，我们依然保持着联系。我介绍她到《国际人才》杂志实习，一段时间后我问主编她表现得怎么样，主编告诉我："她的英文写作似乎比中文写作水平更好。"后来，周明扬到《中国金融日报》当记者，通过更多地练习使用汉语写作，她的这个问题似乎已经得到了改善。

　　周明扬有时会来看傅涵和我的演出，有时因为要为杂志社写文章而来采访我。我们最近一次见面时，我与她谈到了"一带一路"倡议。作为一名金融记者，她撰写了许多有关"一带一路"的文章，特别提到了中国为亚洲、非洲、欧洲等国家和地区的基础设施建设项目提供了许多资助。

她看待"一带一路"倡议的视角，不仅从理解中国出发，而且从理解美国世界地位的变化出发。"美国正在退出或威胁退出诸多国际条约和组织，从而与多边主义渐行渐远。美国这样做，实际上是在放弃其在全球治理中的领导地位。"她还提到，经过2018年的金融危机，中国已经认识到，对西方的过度依赖是危险的，中国也需要加强与非西方国家之间的合作。这就是中国提出"一带一路"倡议的原因，这样做可以使约100个经济体——其中主要是发展中国家——逐步形成区域合作新格局。

提到中国自身的历史和文化与世界之间存在着关联，周明扬认为，'一带一路'倡议强化了建立全球人类命运共同体的价值观。"这是与国际社会对和平与发展的追求相吻合的。"周明扬还援引了习近平主席关于加强"一带一路"国家之间交流的倡议，她说："'一带一路'实施所遵循的原则是，通过协商和合作实现共同发展。中国有句俗话说得好：'众人拾柴火焰高。'"

最后，周明扬还解释了"一带一路"倡议与中国传统的"世界大同"观念是完全吻合的。在这一体系中，各个国家和谐共存，合作共赢，而不是卷入一场非赢即输的零和游戏。迄今为止，"一带一路"倡议已经在世界范围内产生了巨大的吸引力。

2018年6月末，早上7:20左右，我在中央民族大学的清真餐厅吃早餐。与我隔着两个座位的餐桌边坐着一个外国男人，我们互相打了招呼，他问我从哪里来。我说我从美国来，但已在中国生活了十几年。他对自己以前从未见过我感到十分惊讶。

他叫拉索尔·雷兹瓦尼安（Rasoul Rezvanian），是纽约伊萨卡学院金融学教授兼商学院副院长。我当时着急去上课，所以提议第二天我们可以见个面，一起喝咖啡。他回答："我很愿意，但我只在这儿待两个月，今天下午就要离开了。下学期我会再回来的，到时候我们可以再约喝咖啡。"到了下个学期，我们都忘了这次交谈。但就像命中注定似的，我们又相遇了。

2018 年 10 月 13 日，我在民族大学文华楼里等电梯，当我转过头看校园讲座宣传栏时，一张海报映入眼帘，宣传的是一场题为"'一带一路'倡议在减贫中的作用"的讲座，时间是两天后的晚上。"太好了！"我想，"那时我正好有时间。"尽管我注意到了演讲嘉宾的名字叫拉索尔·雷兹瓦尼安，但当时也没想起这人是谁。

讲座是在一间可容纳 60 人左右的教室里进行的。整个教室里座无虚席，还有大约 10 个人站着，几乎都是金融学或经济学专业的硕士研究生。讲座开始，雷兹瓦尼安即对"一带一路"进行了定义："'一带一路'倡议是中国的一项投资和发展战略，旨在促进'一带一路'沿线国家之间的经济和贸易增长。"他介绍，这是一项互惠互利的战略，覆盖亚洲、欧洲和非洲的 65 个国家和世界 60% 的人口。这些国家占全球国际贸易额的 40%，全世界国内生产总值的 30%，同时占世界极端贫困人口的 50%。这是一项全球性倡议，如果成功实施，必将有助于世界经济的发展。"它可以树立中国作为一个负责任的世界大国的形象，并为其吸引国际资本的流入，提升其国际影响力。"

在回顾了中外学者和外交官们的著作和研究后，他指出："'一带一路'倡议强调的三个至关重要的方面——连通性、畅通无阻的贸易和减贫、基础设施的开发，是这一链条的起始点。中国在过去的 30 年里使 7.6 亿人口摆脱贫困。其他国家，尤其是'一带一路'沿线国家，可以借鉴中国在基础设施投资和减贫方面的成功经验。"

在整个讲座过程中，我也丝毫没记起来以前见过这位演讲嘉宾。直到讲座结束后，我们进行了简短的交流，在交换名片时，才突然全都记起了几个月前的那次偶遇。

大卫·巴托奇（David Bartosch）博士是一位德国哲学家，2005 年他第一次来到中国学习，研究中国古代哲学家王阳明。2016 年他被北京外国语大学国际关系学院聘为教授。我和大卫第一次见面也是在

2016 年的夏天，当时我俩都应邀参加了那次为期一周的中国云南丽江和大理古城之旅。参加此次旅行的外国人主要是商业或科学领域的专家，有些在这两个领域都是专家。而大卫和我属于旅行团中少数不在这些专家之列的外国人。我们俩的校园和住处也都很近，骑自行车只要 10 分钟，所以偶尔会约着一起喝咖啡、聊天。

大卫认为，无论是从基础设施建设、消除贫困，还是发展贸易等方面解读"一带一路"倡议，都有其各自的道理。但他更愿意从一种文化与发展的长远视角来看待"一带一路"倡议提出的意义。"文化是人类共有的财富，也是沟通与理解的基础。通过长期的学习和努力，人类有望能够消除政治或宗教等方面的冲突。"他还指出，在过去的殖民时期，一些西方国家曾试图垄断文化，而"一带一路"倡议寻求的是一条多极发展之路，不同的文化和文明都应该得到包容和发展。

大卫还说："早在'一带一路'倡议提出之前，中国与中亚一些国家就已经计划重建古老的丝绸之路，期待以此唤醒人们对于共同历史和共同命运的认识。这一计划的目标是，通过文化这个纽带，将欧亚各国联结起来，构建一个富有创造力的发展网络，最终使各个经济体都受益。这不仅仅是一种双边对话，其实更是一种谋求共同发展的开放型多边对话，它有着使各个方面都能够加入进来的愿望。"

大卫将自己所在的大学视为这种文化交流和资源共享的典范。他说："我所任教的北京外国语大学，目前教授的外语已经达到 100 种，未来可能超过 120 种。教授这些外语的教师，有很多是来自各个国家的母语者。这就是多元文化！在这里学习的人，除了中国学生以外，还有来自各大洲的留学生……我住在校园内的一栋公寓楼里，每当电梯门打开时，我永远不知道谁会从里面出来，也不知道他们会说什么语言。我们一起在这里生活，尊重每个个体，也尊重每个人的文化背景。这不是一种忍耐，而是一种全然的接纳。我相信这就是我们所说的 21 世纪文明的融合。我们只有团结在一起，尊重彼此的差异，充分利用人类几千年来不断积累的智慧、知识，才能够解决人类目前面临和未来将要面临的问题。"

　　我和哈维·邹定（Harvey Dzodin）第一次见面是在 2008 年，当时我俩都在参加一系列由北京市政府组织的"北京沙龙"活动。受邀的客人中包括外国专家、中国商界人士和学者等，大家聚在一起，听有关北京发展计划的介绍。沙龙还经常举行各种形式的文化活动和文艺演出。

　　哈维不仅是一名律师，他还曾担任过美国广播公司（ABC）的副总裁，并曾在卡特政府任职。1988 年，他第一次来到中国，2002 年起定居北京。他是《中国日报》《环球日报》的专栏作家，曾发表超过 200 篇文章，重点关注与文化、艺术及"一带一路"倡议有关的议题。他还是中国环球电视网、中国国际广播电台的评论员。此外，他还担任中国与全球化研究中心北京总部智库的高级研究员，以及专注于城市品牌研究的清华大学国家形象传播研究中心的高级顾问。

　　当被问及与"一带一路"倡议有关的问题时，哈维最喜欢谈软实力方面的话题。这也是他曾在一个企业访谈系列节目中讨论得最多的主题。聊到"一带一路"倡议是否有利于打造中国软实力时，哈维指出："'一带一路'倡议刚刚提出五年，现在还处于发展期，但它正在不断进步。目前尚有很多需要学习的东西，过程中还需要不断地试错、积累经验。"哈维还说："我认为，他们正在摸着石头过河，这会需要一些时间。在赢得人心方面没有现成的指导手册。但我相信，在'一带一路'倡议的文化与人际交流上，仍有大量的工作要做。"尽管如此，哈维补充道："中国人学东西很快，我相信他们很快会找到解决之道的。现在他们已经做得不错了，只是仍有很长的路要走。"

　　出于自己在文化方面的兴趣和经验，哈维建议："有人希望中国能与好莱坞合资，那样会使他们在电影制作方面事半功倍。目前这方面做得还不够好，但假以时日，他们会达到目标的。"

　　中国环境科学研究院的生态学研究员张媛媛博士提供了有关"一

带一路"倡议的另一种视角。2017 年，该研究院曾邀请我去给院里的研究员和研究生讲一个有关公开演讲的培训课程，张媛媛就是那次课上的一名学生。她在中央民族大学获得学士和硕士学位，偶尔会回母校，与一些教授讨论自己的工作。有时她会事先告诉我她要来，如果我有空，我们会在校园里见面，一起喝咖啡。

媛媛告诉我，在环境保护和资源管理领域，中国正向"一带一路"沿线国家伸出援助之手。据她解释，2018 年 3 月，国务院对一些政府机构进行了重组，将先前的环境保护部一分为二，变为生态环境部和自然资源部。两个部门都有下设的国际合作司。"我们将向老挝、菲律宾、柬埔寨、尼泊尔、印度、泰国等国家提供环境保护资金。生态环境部的职责之一，就是评估中国正在帮助有关国家建设的高铁是否会对当地环境造成不利影响。他们将竭尽全力控制污染，避免因修建高铁而对所在地区的生物多样性造成伤害。"

媛媛还提到："2018 年 7 月，习近平主席对塞内加尔、卢旺达、南非和毛里求斯分别进行了访问，生态环境部和自然资源部的领导也一同随访。其间，中国与这些国家共签署了 15 项双边协议，旨在帮助当地人保护环境和自然资源。"

🎵 新丝绸之路

从听说的许多故事中，
我们知道了那条古老的丝路。
有来来往往的商人和货物，
还有负重随行的牲畜。

尽管已是最快的捷径，
但那会儿到处是漫长的旅途。
连接亚洲欧洲非洲的丝路，
是穿越沙漠唯一的出路。

今天的新丝路已经变了模样，
海陆空运齐通畅。
跨过山川驶过海洋，
为世界带来新的希望。

"一带一路"倡议是个新的创想，
为促进和平引领方向。
人类共同的梦想不再遥远，
我翘首企盼见证辉煌。

31 海内外的铁路建设

大卫·艾伦·科（David Allan Coe）演唱过一首著名的美国乡村歌曲《你甚至没有叫过我的名字》。大卫告诉我们这首歌是由他的朋友，一位名叫史蒂夫·古德曼（Steve Goodman）的民谣歌手兼作曲家创作的。古德曼称这是一首"完美的乡村和西部歌曲"，而大卫告诉我们，他给古德曼写信说："这不是一首完美的乡村和西部歌曲，因为歌中根本没有提到妈妈、火车、卡车、监狱、喝醉了这些字眼。"

在我自己所写的有关中国的歌曲中，上面这些词中我唯一用到过的就是火车。2017 年，中国共产党第十九次全国代表大会在北京召开，在中央电视台播出的我关于中共十九人的访谈中，我演唱过其中的两首。采访中，我谈了自己对 2012 年中国共产党第十八次全国代表大会以来发生的变化的看法。而如果要谈中国乃至世界的变化，火车都是绕不开的话题。

我最早的一首有关火车的歌曲，名字叫做《从松滋到广州的 24 小时火车之旅》，写的是 2009 年春节期间我去傅涵老家过年，年后乘火车从松滋去往广州的经历。地球上一年中数量最多的人口流动大潮就是中国春运。这期间，出门在外的人都希望与家人团聚。当时的火车票共分 5 个等级，从最不舒适到最舒服、从最便宜到最贵依次为站票、硬座、软座、硬卧和软卧。所有火车票一经开售，很快就会被一抢而空。

我最近一次写有关火车的歌曲是在那次春节之旅的 7 年之后，也就是 2016 年。写的是我在湖北省另一座小城市的旅行，名字叫做《在驶出荆州的高铁上》。这是一次截然不同的旅行，我只用了上次从松滋到广州三分之一的时间，就走了比上次旅程还多将近 200 英里的距离。这次乘车体验与以往大为不同，不仅速度更快了，舒适度也大幅提升。最便宜的高铁二等座比飞机座位还要舒服，伸腿的空间足够宽敞。

我相信，在中国没有人比我的朋友冯大卫（David Feng）更了解火车了，至少在我们这些外国人当中，他是最懂的。大卫于 1982 年出生在北京，6 岁时，因父亲工作的原因，随全家去了瑞士。大卫在瑞士的国际学校学习了英语、德语、法语和意大利语。"2000 年，我在考虑去美国或英国的哪所大学学习，但我的父亲希望我不要忘记中国文化，所以我决定回北京，到对外经济贸易大学学习汉语。第二年，北京获得了 2008 年夏季奥运会的主办权，我决定留在北京。"毕业后，他去中国传媒大学攻读硕士学位，后又于 2014 年获得了媒体和传播学博士学位。在伦敦进行了两年博士后研究工作后，大卫返回了中国，现在是传播学副教授。

　　大卫已拿到了中国驾驶执照，但因为路面交通拥堵和地铁系统完善，他认为在北京乘坐地铁是最便捷的出行方式。"从 2006 年开始，你可以在城区及周边地区使用交通卡乘坐地铁和公交车，甚至还可以在某些商场内使用。第一条南北线（地铁 5 号线）的开通将多条地铁线路连接了起来。站里慢慢开始有了双语播报，后来，更多新线路、机场快线也开通了。2008 年 7 月，我听说了在北京和天津之间建设一条高速铁路的计划。后来高铁真的开通了，我决定去坐一下试试。我来到北京南站，发现里面简直太棒了！窗明几净，宽敞舒适，我感觉好像置身于机场航站楼一样。南站一共有 13 个站台，我在整个欧洲都坐过火车，但从没见过这么大的车站。"

　　的确如此，我也真不敢相信，中国可以造出如此宏伟的车站！大卫继续道："来往北京与天津之间的列车是一般常见的高铁。内部座椅可以调节角度，并有折叠桌。全程只需要 30 分钟，速度可达每小时 348 公里（约 216 英里）。你还记得乐事薯片的广告语吗？'吃了一片还想第二片。'在这之后，我迷上了这条高铁线，坐了一次还想坐第二次。几次下来我决定以后往返于北京和天津时都不再自己开车了。"

　　我和大卫大约是在 2013 年因为一场辩论比赛而结识的，后来的这些年里，我们在许多活动中都碰过面。有一次是在 2017 年福建省举办的一次为期一天的高等教育会议上，会议地点在厦门大学，来自全国各地的 80 多名外国老师一起受邀出席。大卫担任其中一个小组的组长，而我在另一个小组中宣读了有关中央民族大学的论文。在那次碰面的聊天当中，我开始了解到大卫对火车的兴趣和了解。

几个月后，我在每月例行的"中国老手午餐会"上见到了大卫。这个午餐会是由一个比利时人组织的，他是我和大卫共同的朋友。参加午餐会的是在中国生活了至少 10 年的外国人。每次到场的人数不定，一般在 20 人至 45 人之间。我和大卫都属于这里的常客，只要有空，基本上都会来。一次我俩聊得尽兴，大卫给我介绍了他写的一本书《每日列车英语》。这本书首次出版的 3000 册在两周内就销售一空，大卫高兴地跟我说："这本书中包含了数千条中英文短语，可以帮助铁路部门服务人员更好地与说英语的外国人交流。尽管它的目标受众主要是铁路部门的职员，但它却出乎意料地在外国人中又打开了一个小众市场。它的另外一个功能是将整个铁路系统使用的英语词汇标准化，例如站台工作人员、售票员和乘务员等使用的英语。"他补充说："目前，车站里的标识牌也在根据这本书重新制作，我还在铁路系统的各个车站组织了培训。"

自 2008 年 8 月第一次坐高铁从北京到天津以来，大卫每月至少要坐一次高铁去出差或是游玩。他告诉我："2010 年初，我开始遍访北京及其周边的车站，其中大部分是旧车站，也有一些新的。有时，我需要铁路系统工作人员的帮助，于是开始接触并结识他们。"

2011 年浙江省温州发生动车事故后，大卫在社交媒体上发表了文章，呼吁"不要抛弃高铁"。结果，铁路系统的领导联系了他，并邀请他去山西省和四川省参观。大卫说："我开始逐步了解高铁隧道的构造、如何维护铁路线路、如何应对具有挑战性的地形以及铁路硬件和软件设施的配备等相关知识。我甚至还被邀请去参观火车是如何制造出来的。"

大卫还说道："济南（山东省省会）西站是我教授铁路英语新标识的第一个车站。我想在社交媒体上宣传一下这个车站，车站的领导说没问题。于是我在推特上发布了一条 9 分钟的实时直播视频，反响非常好，在欧洲、印度和澳大利亚都引起了广泛关注。有个印度人似乎受到这一节目的启发，也开始做有关火车的直播。我也继续做了更多的直播。2017 年春节前后，正值中国春运的高峰期，网上对我的直播兴趣盎然，这是我拍摄车站纪录片的开端。全中国有大大小小 2200 多个铁路运营车站，我要走遍所有的车站，把它们拍摄下来，这可能需要花费几年的时间。到目前为止，我已经去过 300 多个车站了。"

在过去的 40 年里，中国的火车和车站的变化可谓沧海桑田。大卫感慨道："1964 年，加拿大媒体理论家马歇尔·麦克卢汉（Marshall McLuhan）出版了一本书，名字叫《理解媒介：论人的延伸》，而我会说'理解火车：论中国的延伸'。"

从松滋到广州的 24 小时火车之旅

从松滋到广州，我坐了一趟 24 小时的火车。
路上的美景数不胜数，
我会永远记得，其中最美好的一幕，
是坐在我对面的中国娃娃。

稻田和棉花田就挨着铁轨，
火车转弯时，美丽的湖泊映入眼帘。
对许多人来说，在那一天坐上火车离开是有点难过，
春节即将结束，他们离开了湖北的家和家人。

我们很快就到了湖南，火车一路驰骋向前，
几个小时后，我们就将到达广东。
当你在春节时候坐上这趟车，会明显感到旅途格外漫长，
但这给了我足够的时间，来写下这首歌。

我会永远记得，其中最美好的一幕，
是坐在我对面的中国娃娃。

在驶出荆州的高铁上

在一辆从荆州开往北京的高铁上，
我望着眼前的湖北乡村风光轻声歌唱。
农家风光和绿色稻田映入眼帘，
眼前一派仲春时节的宁静景象，
我很高兴我坐在那高铁上。

一阵寒风吹来，农民为庄稼覆盖薄膜，
他们既要照顾庄稼，又要照顾孩子。
汽车和卡车在高速公路上加速行驶，
我们的高铁穿行到远方。

高铁开动了，我平静地凝视着这美丽的景色，
直到车外已默默从白天变成了黑夜。
很庆幸我在湖北度过了一段美好的时光，
但没什么比回北京更令人兴奋的了，
毕竟那里就是我的家。

在过去的一些年里，中国不仅在国内，而且在国外建设了许多高铁，现在仍在建设中，将来也会继续建设下去。铁路将中国与其他国家更好地联系在一起。

熟悉铁路行业或中国国际关系的中国人都知道坦桑尼亚－赞比亚铁路（简称"坦赞铁路"），许多非洲人对这条铁路也不陌生。坦赞铁路建于 1970 年至 1975 年间，由中国、坦桑尼亚和赞比亚共同建设。中国提供了资金和技术支持，那是当时中国最大的对外援助项目。该铁路同时提供客运和货运服务，使内陆的赞比亚与海洋相连，从而使其摆脱了对南非和罗得西亚种族隔离政府的经济依赖。这是中国支持

非洲新独立国家的重要体现。不过，坦赞铁路并不是中国与世界联系的唯一一条铁路纽带。

2017年8月，我获悉中国铁道科学研究院正在找英语老师。铁科院是专门研究高铁的，它与国际上铁路行业的企业及其他实体定期保持联系。我与铁科院的一名员工短暂通话两天后，同我要教的4个学生见了面。他们中的两位将前往德国3个月，与西门子公司合作研究变速箱。另外两人听说有英语课，也加入了进来。他们的校园距离我住的地方骑自行车只需15分钟，我们商量了一个对我和他们都合适的时间表，并制定了一个为期6周的课程计划。彭先生是将前往德国的其中一人，他负责与我联系。

上第一堂课时，我被告知班上将再增加两名学生，他们计划赴美国学习一年，一个是火车轨道专业的，另一个是火车车轮专业的。所有这些学生都学过英语，但那是几年前的事了。当下，他们几个人的英语水平参差不齐。更大的问题是，毕业后他们使用英语的机会很少，甚至几乎为零。因此，我们的重点是口语学习，目标是使他们能够用英语自如地进行日常交流或与同事沟通，用英语来谈他们的工作背景或与铁路相关的内容。我找到了一本铁路英语方面的教科书，那段时间我们主要在那本书上花功夫。另外，我还让他们练习介绍自己的工作。校园里有一辆旧的发动机和货车车厢，我还到现场教他们用英语介绍这些设备。

大约在课程结束5个月之后，彭先生联系我，说有另一个小组要出国，他们也想请一位英语老师，让我与其中的一个人联系。这个小组的学生都是闪光对接焊部门的，其中一些要去印度，另一些要去新加坡。正如我的一位学生解释的那样："中国从别人那里学到了这项技术，现在我们要把它教给其他人。"

彭先生向我介绍了中国政府如何帮助东南亚国家发展铁路（它是"一带一路"倡议的一部分）："中国与其他国家签订铁路建设合同，获得10年的经营权，并在保证质量的前提下努力降低建设成本。同时，中国还教其他发展中国家如何操作该系统。2017年，中国完成了从肯尼亚港口城市蒙巴萨到其首都城市内罗毕的现代化铁路建设。该铁路全长300英里，我们将提供10年的铁路运营协助。"肯尼亚的这条铁路线取代了原来在英国殖民时期修建的、距今已有100多年历史的一条铁路，将旅程时间从原来的一天多缩短到现在的四个多小时，极大地改善了肯尼亚的贸易环境。

彭先生进一步介绍："中国正在帮助建设的其他几个国际铁路线包括马来西亚到新加坡铁路、俄罗斯莫斯科到喀山铁路。中国客运列车可抵达一系列国际目的地，这些目的地国家包括蒙古、俄罗斯、哈萨克斯坦、朝鲜和越南等。中国到阿姆斯特丹的高铁建设也在计划中。"

丛涛是我的学生中研究火车车轮的，他补充道："'一带一路'倡议之前创建的中铁快运股份有限公司（中铁快运）的业务拓展对'一带一路'的实施至关重要。重庆至德国杜伊斯堡的中欧班列于2011年开通，每周运行6班，其中的3班从中国发往德国，另外3班从德国到中国。后来开通的一趟中欧班列从浙江义乌发车，途径河南郑州，然后到达俄罗斯和波兰，这样比船舶运输更便宜、更快捷。"

中国在铁路建设方面的发展日新月异，国内的交通运输越来越便捷。与此同时，中国也在积极拓展与其他国家或地区的合作，为当地的基础设施建设提供帮助。对此，我也想引用冯大卫所说的"理解火车：论中国的延伸"。

非结论

　　在中央民族大学校园的西侧，有一幢三层楼的建筑，这里是学校的民族文化博物馆。馆内四个展厅以常设展览和临时展览的形式，展示中国少数民族服装、宗教用品、乐器和手工艺品等。其中一个常设展厅展示的是民族大学的历史，重点介绍了该校著名学者的著作，特别是民族学领域的书籍。

　　2012 年的一天晚上，在我的一个学生瑞贝卡的邀请下，我首次来到这个博物馆参观。当时我一共参观了两个展厅，里面陈列着中国56 个民族的传统服饰。带领我参观的是一个由大约 12 名学生组成的志愿者团队，他们分别来自不同的专业，每人轮流用英语为我讲解一套独具特色的传统服饰。我原计划在那里待两个小时，但最终却被炫目的服饰和学生们精彩的讲解所吸引，久久不愿离开。

　　后来，我又多次重返博物馆，然后慢慢地也变成了志愿者团队中的一员。每年秋天，博物馆都会招募学生担任志愿者讲解员，在成为真正的讲解员之前，志愿者们必须经过严格的培训。所有的讲解员不仅要能够用汉语进行讲解，有时还需要用到英语，这时候我就有了用武之地。

　　我除了教志愿者们英语语法和发音以外，还会提出许多问题，鼓励他们尝试使用更加丰富的词汇进行表达，从而避免单调、乏味的"定论式"陈述。例如，一个学生说一件衣服很"漂亮"，我就说："不，不要说'漂亮'。你可以对这件衣服进行描述，描述它的颜色、特殊图案或设计，但'漂亮'是一个结论，请不要向观众灌输你自己的结论。你的责任是带领他们参观、为他们讲解，然后让他们得出自己的结论。等你说完一件衣服的漂亮之处，他们自然会说'这件衣服真漂亮'。"

　　因此，根据以上这一原则，我想说的是，这里，在这本书的最后，我提供的并不是一个"结论"，而是一个"非结论"。换句话说，您已经知道我写这本书的原因、我的经历、我认识的一些人以及我从他们那里学到的东西，还有我创作的一些歌词。总而言之，您已经读完了《唱响我的中国故事》，现在请您得出自己的结论，而我则将洗耳恭听。

马克站在凤凰古城的"南方长城"之巅（2011 年）